Quod placens displicit

Die Krankengeschichte des Friedrich Kar
und weitere Erzählungen

Christopher Poms

Bibliografische Information der Deutschen Nationalbibliothek:
Die Deutsche Nationalbibliothek verzeichnet diese Publikation
in der deutschen Nationalbibliografie; detaillierte bibliografische
Daten sind im Internet über http://dnb.dnb.de abrufbar.

2. Auflage 2016
© 2014 Christopher Poms
Umschlagfoto: © Judith Winkler
Herstellung und Verlag:
BoD – Books on Demand, Norderstedt

Inhalt

Die Krankengeschichte des Friedrich Kar

1. Erschrocken zuckte Friedrich Kar zusammen, als sein Blick durch das Weiterspringen des Minutenzeigers aus der Leere auf das mit bunten Zahlen bemalte Ziffernblatt der Uhr gerissen wurde, welche in nur geringem Abstand über den mit Namen versehenen Fotografien der Angestellten in die Wand gegossen schien. Bis zu diesem Moment hatte er angenommen, die Zeit sei, aus ihm nicht begreifbaren Gründen, zum Stillstand gekommen. Die Verwunderung über diesen Umstand hielt, so meinte Kar zu erkennen, nicht nur ihn, sondern auch alle anderen Anwesenden in einem wortlosen, starren Bann. Die Stille, die sich im Folgenden über das Ambulanzwartezimmer des Gottlieb-Krankenhauses gelegt hatte, wurde, noch ehe der Zeiger erneut das außer Kontrolle geratene Zeit-Gefüge im Raum wiederherstellen konnte, jäh gebrochen, als sich eine der vielen Türen öffnete und auf den Aufruf „Herr Jernig" der kleine, verwachsene Mann mit Vollbart und runder Brille auf der krummen Nase aus seiner Ecke aufsprang und in Richtung der Türe eilte. Die Tür schloss sich hinter Herrn J. und schloss damit wieder das erdrückende Schweigen im Raum ein.

Friedrich wartete hier schon lange. Er war durch den, nach einem Hustenanfall häufig auftretenden, Schwindel gestürzt und anschließend von zwei Unbekannten hierher gebracht worden. Seitdem hatte er still auf diesem, seinem Platz verharrt, in ständiger Erwartung, nach Ausrufen seines Namens gleich dem kleinen Mann aufzuspringen und in einer der Türen zu verschwinden.

Kar wusste nicht, wie lange er bereits gewartet hatte; es hätten Minuten, Stunden oder ganze Lebensalter gewesen sein können. Die Zeit stand still. Ebenso wenig wie Kar sich über seine Wartezeit im Klaren war, wusste er, ob es sich bei diesem Zimmer wirklich um die Ambulanz eines Krankenhauses handelte. Das einzige, was er wusste, war, dass die Ärzte, sollte er sich wirklich in einer Heilanstalt befinden, seine Krankheit für wenig schwer halten mussten, da schon etliche scheinbar Kranke, die erst lange nach ihm eingetroffen waren, ihm dennoch vorgezogen wurden. Sogar der kleine, verwachsene Mann, der, seinem vitalen Aufspringen nach zu urteilen, keineswegs schwer krank sein konnte.

„*Tak*", wieder ordnete der Minutenzeiger die Welt. Die Beschleunigung des Zeitflusses vom Stillstand zu seiner normalen Geschwindigkeit versetzte Kar in einen Schwindel, sodass er sich auf seine Knie stützen musste, um nicht vom Stuhl zu stürzen.

„Frau Müller!", ertönte es aus einer sich öffnenden Tür und nur wenige Momente später drang eine große, in Richtung der Tür kriechende Frau in Friedrichs Blickfeld ein. „Groß" war eigentlich bei weitem untertrieben, *„gewaltig"* schien Kar passender. Er hatte in seinem gesamten bisherigen, nunmehr 30-jährigen Leben noch nie einen derart riesigen Menschen gesehen. Die Frau musste, wenn sie aufrecht stand, anstatt wie jetzt zu kriechen, mindestens zwei Stockwerke hoch gewesen sein. Viel seltsamer jedoch als die unnatürliche Größe der Frau schien Friedrich die Tatsache, dass man ihr deutlich ansah, dass sie nicht Müller hieß. Etwas empört über diese Dreistigkeit fühlte sich Kar in seiner anfänglichen Annahme, man müsse nicht dann eintreten, wenn der eigene Name verlautbart wurde, sondern man solle schnellst möglich einem beliebigen Ruf folgen, bestätigt. Wahrscheinlich wussten die Bediensteten seinen – *„Tak"*, ein Schlag in die Magengrube. Die daraus resultierende Übelkeit nahm Kar sein letztes bisschen Kraft. Er fühlte sich augenblicklich übergeben zu müssen, doch schien jene Ecke, hinter welcher er die Toiletten vermutete, durch seine jetzige Schwäche unerreichbar. Er versuchte sich zu konzentrieren, versuchte den Schwindel und die Übelkeit nur durch seinen Willen zu besiegen; doch vergebens. Friedrich wusste, dass er keinen weiteren Schlag ertragen würde, ohne die Beherrschung über seinen Körper zu verlieren. Doch just in dem Moment, als er sich zu Boden werfen wollte, um durch sein Erbrechen niemanden zu besudeln, erschallten metallisch, wie durch einen alten Lautsprecher gesprochen, die rettenden Worte: „Friedrich Kar!"

Eine angenehme Ruhe breitete sich aus, ehe sich die Tür des Behandlungszimmers Nummer 101 einen schmalen, beinahe unkenntlichen Spalt auftat. Übelkeit und Schwindel waren verflogen und Kar, von jugendlicher Stärke durchströmt, erhob sich, um jenem Spalt, aus dem ein seltsam künstliches Licht fiel, entgegenzueilen. Die Uhr schlug ein weiteres Mal nach ihm, doch Friedrich, der nun weit überlegen war, verlachte den besiegten Feind innerlich.

Kar trat durch die Öffnung und wurde gleich von einem weißgekleideten Mann zu dem niedrigen Hocker gewunken, der sich inmitten des ansonsten leeren Raumes befand. In einer der hinteren Ecken stand eine kleine, ebenfalls weißgekleidete Frau, die, als sie ihren gesenkten Kopf kurz anhob und dabei den Blick des Patienten streifte, sich sogleich, von ängstlicher Scham erfüllt, beinahe verzweifelt weiter in ihre Ecke drängte.

„Weshalb sind Sie hier, Herr Kar?", fragte der Mann, nachdem er die Tür hinter Kar wieder verschlossen hatte. Dieser wollte antworten, doch die Leere des Raumes, die schwarz-weiß-gemusterten Fliesen an Wänden und Boden, das kühle von der Decke herabdrückende Licht und die kleine Frau nahmen ihm den Atem.

„Weshalb sind Sie hier?!", fragte der Mann nun schon etwas ungeduldig. „Verstehen Sie mich?!" – „Ich bin gestürzt.", entgegnete Kar. Mit einem Blick, in den Friedrich Skepsis interpretierte, forderte ihn der Weiße auf: „Entkleiden Sie sich, Herr Kar!" Diesen Anweisungen folgte er und nahm anschließend nackt wieder auf dem Hocker Platz.

„Weshalb sind Sie gestürzt, Friedrich?" – Kar schwieg. – „Weshalb sind Sie gestürzt?!" Es wurde still und nach einer kurzen Pause fragte der Mann ein weiteres Mal: „Weshalb, Herr Kar, sind Sie gestürzt?" – „Um Himmelswillen, so antworten Sie doch!", rief die kleine Frau sichtlich entsetzt aus ihrer Ecke.

10

„Ich stürzte aus einem Schwindel.", brachte Kar schließlich hervor. Der Weiße musterte ihn kurz und fuhr fort: „War es das erste Mal, dass Sie von einem plötzlichen Schwindel befallen wurden?" Da er sich nun allmählich an die Begebenheiten des Raumes gewöhnt hatte, antwortete Kar schnell: „Nein, das widerfährt mir ständig." – „Aber es ist das erste Mal, dass sie aufgrund eines solchen Schwindels gestürzt sind?" – „So ist es.", erwiderte Kar bestimmt. Der weiße Mann umkreiste den Patienten mehrmals, ihn dabei genau betrachtend, ehe er einen Notizblock aus der Tasche zog und hastig darauf zu kritzeln begann.

Er hatte seine Aufzeichnungen bald beendet, riss gleich den vollgeschriebenen Zettel ab und reichte ihn Kar: „Gehen Sie wieder ins Wartezimmer und geben Sie das meiner Kollegin am Schalter." Friedrich bekleidete sich und schritt in Richtung der Türe, durch welche er den Raum betreten hatte. –

„Wo wollen Sie denn hin?", fragte der Mann verwundert.

„Zurück ins Wartezimmer, wie Sie mir aufgetragen haben.", entgegnete Kar.

Der Weiße brach in schallendes Gelächter aus: „*Zurück?* Sie können nicht *zurück!* Diese Tür ist verschlossen.", er machte eine kurze Pause und deutete auf die Tür am anderen Ende des Raumes, „Durch *diese* Tür gelangen Sie *wieder* in das Wartezimmer."

Etwas verdutzt und ein wenig verlegen aufgrund seines offensichtlichen Fehlers, verließ Kar die Kammer ohne weitere Fragen zu stellen auf dem dafür bestimmten Weg. Er fand sich

11

in einem schmalen Gang wieder, in den unzählige Türen mündeten. Da ihn nun die Neugier gepackt hatte und er sich unbeobachtet fühlte, wollte er die Notiz lesen, welche er in Händen hielt, um etwas über die ihm bevorstehenden Dinge in Erfahrung zu bringen. Aber so sehr Kar sich auch bemühte, er konnte keinen einzigen Buchstaben, geschweige denn ein ganzes Wort entziffern. Es musste sich um eine Art Geheimschrift handeln, die dazu dienen sollte, den Inhalt der Nachricht vor allzu neugierigen Augen zu verbergen. Friedrich wandte sich nach links – es wäre unsinnig gewesen den rechten Weg zu wählen – und erreichte bald wieder das Wartezimmer.

Er übergab der Dame am Schalter – sie war eine dicke, grässliche Person – die Nachricht und ließ sich anschließend wieder auf seinem alten Platz nieder. Kar blickte umher, um festzustellen, ob sich während seiner Abwesenheit etwas verändert hatte. Abgesehen davon, dass er viele neue, fremde Gesichter sah, schien sich die drückende Stille verflüchtigt und die allgemeine Stimmung gebessert zu haben. Auch die zuvor feindliche Uhr tickte nun ruhig vor sich hin. Es gab Kar zu denken, welcher Umstand in der kurzen Zeit seiner Abwesenheit derartige Veränderungen zu vollbringen vermochte. Nach längerem Grübeln bemerkte er ein Fenster, welches er zuvor nicht wahrgenommen hatte, weshalb der Schluss nahe lag, dass es vor seiner Abwesenheit geschlossen gewesen sein musste; nun aber stand es einige Zentimeter offen und überflutete das Wartezimmer mit einer Kälte, wie sie für einen Tag im Februar nicht typischer hätte sein können.

12

Der Geruch von frischem Schnee stieg in Friedrichs Nase. Während er konzentriert zum Fenster blickte, meinte er, den Schwermut der wartenden Kranken hinausgesogen und dort von den weißen Flocken getilgt werden zu sehen. Das Rätsel war gelöst: Wie sooft hatte sich der Schnee als gefrorener Reiniger betrübter Gemüter erwiesen.

Die kleine Frau aus der Ecke des Zimmers 101 betrat den Warteraum und kam nach einer kurzen Unterredung mit der dicken Dame am Schalter auf Kar zu. „Folgen Sie mir bitte, Friedrich.", sagte sie schüchtern und forderte ihn durch eine Handbewegung noch einmal dazu auf. Kar erhob sich und schritt an den Fersen der kleinen Frau durch die große Pforte aus dem Wartezimmer.

2. Die kleine Frau führte Friedrich durch unzählige, teils liebevoll dekorierte, teils sehr triste Gänge in einen entlegeneren Teil des Krankenhauses. Dabei legte sie eine erstaunliche Flinkheit, welche Kar auf ihre Größe zurückführte, an den Tag, sodass es ihm kaum möglich war, mit ihr Schritt zu halten ohne außer Atem zu kommen. Sie glich einer weißen Ratte, die, mit den Örtlichkeiten mehr als vertraut, wendig durch einen Kanal flitzte.

Kar fragte sich, wo er wohl hingebracht werden würde. „Wahrscheinlich", dachte er, „handelt es sich um reine Bürokratie." Vielleicht werde er ein Formular ausfüllen und den durch eine Vielzahl von Broschüren unterstützte Appell einer fachkundigen Person über sich ergehen lassen müssen, er möge dringlichst das Rauchen aufgeben, damit es nicht wieder zu Hustenanfällen und Schwindel käme. In Gedanken hatte er das Krankenhaus bereits verlassen und plante, wie er den restlichen arbeitsfreien Tag verbringen würde. Kars entgleitender Gedankengang erstarrte, als ihn die Ratte durch eine Glastür mit der großen Aufschrift „Intensivstation" führte. Der Gang, in dem sie sich nun befanden, war im Gegensatz zu den bisher passierten völlig menschenleer. Bedenken befielen Friedrich bezüglich des Rauch-Vortrags und seiner weiteren Tagesplanung.

„Sagen Sie, wohin bringen Sie mich?", fragte er die kleine Frau vorsichtig. – „Zu Ihrem Zimmer; wir sind gleich da.", entgegnete sie, ohne ihr Schritttempo zu verringern. – „Ich muss also hier bleiben?" – „Aber selbstverständlich!" – Friedrich wurde nervös. „Aber gute Frau, es war doch *nur* ein Sturz aus einem Schwindel! Ich bin doch nicht krank!" Das Rattenweib blieb schweigend vor einem Zimmer stehen. „Ich fühle mich nicht krank!", wiederholte Friedrich, „Glauben Sie nicht, ich würde es merken, wenn ich krank wäre?"

Die Frau holte vor ihrer Antwort tief Luft: „Erstens, Friedrich, *wissen* wir, was wir tun und was das Beste für Sie ist, zweitens möchte ich Sie bitten, sich uns nicht zu widersetzen, denn das würde nur Unannehmlichkeiten für Sie mit sich bringen, und drittens ist das hier", sie deutete auf die Tür, vor der die beiden standen, „das Zimmer, in dem Sie die nächsten Tage verbringen werden. Es handelt sich um ein Doppelzimmer; das zweite Bett

14

ist momentan zwar nicht belegt, aber es ist gut möglich, dass sich dies in den nächsten Tagen ändert. Gehen Sie nun bitte in das Zimmer und legen Sie ein Nachthemd an. Ich hole nur schnell Ihre Medikamente und werde gleich wieder bei Ihnen sein." Mit den letzten Worten wandte sie sich um und ließ den unbeholfenen Patienten zurück. Vom Redeschwall der unscheinbaren Frau erstaunt, blickte Kar ihr eine Zeit lang nach, wie sie den Gang in der Richtung, aus der die beiden gekommen waren, wieder hinaufflitzte. Durch ihre Bestimmtheit verunsichert fragte sich Friedrich, ob er vielleicht wirklich krank sei. Vielleicht sollte ihm seine suchtbedingte Selbstzerstörung in Form einer Lungenkrankheit vergolten werden? Kar zuckte mit den Schultern und betrat das Zimmer.

Gegenüber der Tür lag ein kleines Fenster, durch das fahl-graues Licht fiel. Zu Kars Rechter befand sich eine Tür in einem Vorsprung der Wand, die vermutlich zum Badezimmer führte und zu seiner Linken waren zwei Kleiderschränke aufgereiht. Hinter dem Vorsprung mit der Tür standen zwei Betten so weit voneinander entfernt, dass man problemlos dazwischen stehen konnte. Auf jedem der augenscheinlich mit frischem Bettzeug versehenen Betten lag ein zusammengefaltetes Nachthemd. Die drückende Enge des Raumes wurde durch eine Vielzahl fremdartig anmutender Gerätschaften, die hinter den Kopfenden der Betten an der Wand standen und hingen, oder – Kar vermochte nicht, hier eine genaue Unterscheidung zu treffen – diese selbst bildeten, noch verstärkt. Kar trat an das Fenster.

Der dichte Wald, welcher den Hang überwucherte, an dem das Gottlieb-Krankenhaus lag, bildete ein unüberwindbares Bollwerk, das einen Blick in die Ferne verhinderte. Friedrich beobachtete den Tanz der weißen Flocken, die sich Großteils auf den, ohnehin schon zum Bersten überladenen Ästen der Bäume niederließen. Kar war allein; isoliert von der restlichen Welt, über deren Existenz ihn in diesem Moment berechtigte Zweifel beschlichen. Denn in der Kälte des weißen Meeres war kein Platz für das hitzige Treiben irgendwelcher Menschen. Gewiss hätte es auch ihn verschluckt, hätte er sich nicht in seinem schützenden Kämmerchen befunden. Kar berührte das Glas der Fensterscheibe, um die jenseitige Stille besser aufnehmen zu können. Er konnte sich nicht entsinnen, jemals zuvor solche Ruhe und Geborgenheit empfunden zu haben.

Die Tür hinter Kar wurde aufgestoßen und die Ratte eilte herein: „Sie haben Ihr Nachthemd noch nicht angezogen?!", fuhr sie ihn ungeduldig an. „Bitte ziehen Sie Ihr Nachthemd an, Friedrich!", bei diesem Satz deutete sie auf das näher an der Tür gelegene Bett. Um ihn nicht zu beschämen, wandte sie sich ab, als Kar sich entkleidete und ins Nachthemd schlüpfte. Nachdem der Umkleidungsprozess vollzogen war, hatte er am Bett Platz genommen, noch ehe sich die Ratte wieder umdrehte. „Nehmen Sie das nun ein.", sagte die Frau, Kar ein Glas Wasser mit der einen, und einen kleinen Plastikbecher mit vier verschiedenfarbigen bunten Pillen mit der anderen Hand reichend. – „Was ist das?", fragte Kar.

„Ihre Medizin.", erwiderte die Frau. Kar lachte.

„Das ist mir schon klar! Ich möchte wissen, worum es sich *genau* handelt." –

„Es ist Medizin zur Bekämpfung Ihrer Krankheit!" –

„Sagen Sie, gute Frau, woran kranke ich eigentlich?" –

„Sie sollten sich jetzt weder unnötig den Kopf zerbrechen, noch aufregen, Friedrich. Wir wissen, was wir tun, und was das Beste für Sie ist!"

Kar packte die Wut: „Sie werden mir doch wohl sagen können, woran ich leide!" –

„Sehen Sie, Friedrich, das meinte ich. Beruhigen Sie sich, stellen Sie keine Fragen und widersetzen Sie sich nicht."

Kar geriet völlig in Rage. Sein Verstand mahnte ihn, sich zu zügeln; es war sicherlich wirklich besser, sich zu unterwerfen und mitzuspielen. „Nun gut!", presste Kar zwischen seinen Zähnen hervor. Er entriss die Medikamente aus ihren kleinen Klauen und würgte alle zugleich hinunter.

„Sie sollten nun rasten. Es sind noch einige Stunden bis zum Abendessen, aber ich kann, wenn Sie möchten, nachsehen, ob noch etwas vom Mittagessen übrig ist." – „Ich habe keinen Hunger!", fauchte Kar und ließ sich ins Bett zurückfallen. Die Vorstellung, jemand könnte in seiner Situation Appetit empfinden, schien ihm absurd. Im Hinausgehen wandte sich die kleine, weiße Frau noch einmal um: „Sie müssen sich wirklich ausruhen und Sie sollten" – in ihre Stimme mischte sich ein besorgniserregender Klang – „nicht auf den Beinen sein, wenn Ihre Medikamente zu wirken beginnen." Mit diesen Worten verschwand sie.

17

Seinen Blick in die hohe graue Decke bohrend versank Kar in Gedanken. Er fragte sich, warum ihm eine Auskunft über seine Krankheit verwehrt wurde; eigentlich konnte dies nur zwei Gründe haben: Entweder es stand dermaßen schlecht um seine Gesundheit, dass man jegliche Information vor ihm verbergen musste, um ihn nicht noch weiter zu belasten, oder, was Kar viel plausibler schien, er war kerngesund und wurde aus irgendwelchen anderen Gründen festgehalten. Es handelte sich bei diesem Gebäude mit großer Wahrscheinlichkeit nicht einmal um ein Krankenhaus, zumindest um keines, das auf sein Wohlergehen bedacht war. Nach dieser Erkenntnis wollte Kar aufstehen und nach Hause gehen.

Wenn er nun aber doch wirklich schwer krank war und lediglich seine Krankheit ihn, verwirrend, zu übermäßiger Skepsis trieb, sodass er die notwendige Hilfe ausschlug? Kar erkannte, dass es wenig Sinn hatte, sich jetzt über diese Dinge den Kopf zu zerbrechen. Er blickte noch kurz zum Fenster, ehe er die Augen schloss und von der undurchdringlichen Dunkelheit tiefen Schlafes umfangen wurde.

Kar erwachte nicht, er glitt vielmehr langsam in einen dem Wachen recht ähnlichen Zustand. Sein Schlaf war derart tief gewesen, dass er zu zweifeln begann, ob er vielleicht überhaupt zum ersten Mal bei Bewusstsein war. Nur durch das Aufbieten seiner gesamten verfügbaren geistigen Kräfte gelang es ihm, seinen Aufenthaltsort zu identifizieren. Langsam überfluteten die Erinnerungen an die jüngsten Ereignisse seinen Geist. Der

Husten, der Schwindel, der Sturz – Kar ging alles noch einmal Schritt für Schritt durch, in der Hoffnung dadurch einen klareren Kopf zu bekommen – die Ambulanz, die Untersuchung, die kleine, weiße Ratte – er fühlte sich fast am Ziel der Rekonstruktion – die Intensivstation, das Krankenzimmer, und schließlich: Die Medikamente. „Natürlich, die Medikamente!", dachte Kar erleichtert. Sie waren sicherlich der Grund für seine Sinnestrübung. Ihm war klar, dass sein beeinträchtigter Zustand nur vorübergehend und auch gewissermaßen notwendig war; denn, so besann sich Kar, um die Medikamente richtig abzustimmen, geben die Ärzte anfangs immer möglichst hohe Dosen.

Erst jetzt bemerkte Friedrich, dass er über unzählige Kabel und Schläuche mit den nun gurgelnden, zischenden Maschinen hinter seinem Kopf verbunden war. Ein kurzer Blick zum Fenster ließ ihn erahnen, dass der Schneefall sich gelegt hatte. Das hereinsickernde, graue Licht wurde von den farblosen Zimmerwänden grell reflektiert, sodass Kar seine Augen schließen musste, um nicht geblendet zu werden. Kaum hatten sich seine Lider geschlossen, versank er wieder in traumlosen Schlaf.

Ein störendes Geräusch, welches sich sogleich als das Schnarchen eines sich im Nebenbett befindenden Mannes herausstellte, unterbrach Kars Ruhe. Es musste Nacht sein, denn abgesehen von den vielen kleinen Leuchten der Gerätschaften, die ihre nächste Umgebung in ein zartes Zwielicht tauchten, war es stockdunkel. Ein plötzlicher Gedanke, der, sich immer mehr zu einem beinahe unbändigen Verlangen aufschaukelnd, Kar gepackt hatte, drängte ihm den Wunsch auf, sich über die Uhrzeit zu informieren. Sofort kam ihm die Uhr des Wartezimmers in den Sinn, mit ihren bunten Ziffern und dem in die Wand gegossenen Ziffernblatt; er sehnte sich danach wieder dort zu sein. Aufzustehen war ihm aber, wie er leidlich feststellen musste, allein aufgrund der Kabel und Schläuche, die sich in seinen Körper bohrten und diesen bedeckten, unmöglich, weshalb er sich zumindest vorerst damit begnügen musste, in schönen Erinnerungen an den mit Menschen gefüllten Raum zu schwelgen, und wegen seiner momentanen Schwäche, bald wieder in eine empfindungslose Bewusstlosigkeit zu stürzen.

Kar träumte mit offenen Augen: In seinem Traum lag er im Bett des Krankenzimmers auf der Intensivstation. Es war früh morgens und die aufgehende Sonne streifte, durch das Fenster fallend, seine unter der Bettdecke hervorstehenden Füße. Der kleine Raum war abgesehen vom Nebenbett, welches Kar im Augenwinkel als leer zu erkennen glaubte, mit Menschen geradezu vollgestopft. Alle trugen weiße Mäntel und jeder einzelne von ihnen musterte Kar mit teils skeptischem, teils ängstlichem Blick. Sie murmelten untereinander, dabei hin und wieder, manchmal versteckt, hinter vorgehaltener Hand, manchmal offen auf den Bettlägerigen deutend. Dies wurde unterbrochen, als einer von ihnen, der die anderen an Größe übertraf, seine Stimme hob und in einer Art Vortrag vermutlich

20

Kars Zustand erläuterte. Friedrich verstand kein einziges Wort, doch konnte er aufgrund des überwiegend entsetzten Mienenspiels der Zuhörer erahnen, dass es nicht gut um ihn stand. Plötzlich durchzog ein Raunen die Reihen der Weißgekleideten und mit ihren richterlichen Augen verurteilten sie Kar allesamt eines Verbrechens, dessen er sich nicht bewusst war.

Er wollte sich erheben, um den Grund dieser Inszenierung zu erfragen und natürlich auch, woran er nun überhaupt kranke – vergebens. Er konnte nicht sprechen. Er konnte sich nicht bewegen. Durch seine Hilflosigkeit in Verzweiflung gestürzt, stiegen ihm Tränen in die Augen. Der Vortragende hatte seine Rede nun beendet, oder abgebrochen, und, offenbar angewidert von Kars missglückten Bewegungsversuchen und seinen Emotionen, verließ die weiße Meute den Raum. Nun wieder allein im Zimmer, gelang es Kar endlich, genug Kraft aufzuwenden, um seine Augen zu schließen.

„Friedrich… Friedrich!" – Kar spürte, dass jemand seinen Fuß berührte, und öffnete die Augen. Die kleine, weiße Frau stand an seinem Bett und begann, sich jetzt seiner Aufmerksamkeit sicher, ihn fast schulmeisterlich zu tadeln: „Es ist Mittag. Wollen Sie etwa den ganzen Tag verschlafen? Stehen Sie doch auf!" Kar hielt diese Aufforderung bestenfalls für einen Scherz. „Ich kann nicht aufstehen!", die Worte tropften ihm faulig aus dem Mund. –

„Sicher können Sie!", rief die Frau und warf die Bettdecke zurück, um Kar, der, was er sah, mit großer Verwunderung aufnahm, da er der Meinung war, so etwas hätte sich seiner Wahrnehmung nicht entziehen können, darauf hinzuweisen, dass er von sämtlichen Kabeln und Schläuchen befreit war. –

„Nun stehen Sie doch endlich auf! Sie liegen hier schon drei Tage und haben während dieser Zeit nie ihr Bett verlassen." –

„Drei Tage?", fragte Kar, über diesen Umstand mehr verwundert, als darüber, dass von ihm anscheinend Unmögliches erwartet wurde.

„Ja, drei Tage. Ich werde Ihnen helfen.", sagte sie, bevor sie Kar packte und in eine sitzende Haltung aufriss. Durch die schnelle Bewegung in einen Schwindel verfallen, drohte er fast nach hinten zu kippen, als die Ratte ihm einen kleinen Plastikbecher vor das Gesicht streckte, in welchem sich nun nur zwei kleine, weiße Pillen befanden. „Ihre Medizin. Nehmen Sie das, ich gehe und hole jetzt ihr Mittagessen. Danach werden Sie verlegt." Die Frau huschte zur Tür hinaus, noch ehe Kar den Becherinhalt hinunterschlucken konnte. Bei dem Gedanken an das bevorstehende Essen wurde ihm sein, in Anbetracht der scheinbar verstrichenen Zeit durchaus nachvollziehbarer, enormer Hunger bewusst. Nach wenigen Augenblicken kam die Frau mit einem Tablett in den Händen wieder und stellte es auf das Nachtkästchen neben Kars Bett. „Sie haben dreißig Minuten.", sagte sie und verließ den Raum.

Bei einem Blick auf das Tablett wurde Kars Hunger von dem Essen, welches er unter normalen Bedingungen sicherlich verschmäht hätte, weiter angeregt. Am linken Rand der Kunststoffplatte stand ein Schälchen mit Suppe und einigen wenigen, darin schwimmenden Gemüsestückchen. Rechts daneben, in der Mitte des Tabletts, lag ein rechteckiger Teller und darauf einen Stück offensichtlich zu lange gekochtes Rindfleisch und drei kleine Kartoffeln. Am hinteren Rand des Tabletts befanden sich ein Schüsselchen mit laschem Salat und ein Napf mit Apfelmus. Vor dem Nachtkästchen hockend stürzte sich Kar darauf und stillte mit größtem Genuss seinen Hunger.

Nach wenigen Minuten hatte Kar fertig gespeist und beschloss, nun angenehm gesättigt, das Nachthemd abzulegen und wieder in seine eigene Kleidung zu schlüpfen. Am Bett sitzend sann er darüber nach, wohin er nun wohl gebracht werden würde. Auch wenn es ihm selbst naiv erschien und er sich scheute, es auch nur in Gedanken zu formulieren, konnte er sich nicht gänzlich davor schützen, von der Hoffnung auf seine Entlassung gepackt zu werden. Vielleicht war dieses „*verlegt werden*" eine andere Phrase dafür, die ihm nicht geläufig war. Vielleicht hatte man nun endlich erkannt, dass er fälschlicherweise hier festgehalten wurde. Bei dem Gedanken an seine Entlassung drängte sich Kar die Frage auf, ob ihm nahestehende Personen, die seine lange Abwesenheit beunruhigen könnte, über seine Lage informiert worden waren. Das waren sie mit Sicherheit; Kar wäre auch bestimmt besucht worden, hätte man seinen Zustand nicht falsch ausgelegt. Um sich über das gegenwärtige Wetter zu informieren, trat Kar an das kleine Fenster und blickte von dort hinaus auf die schneebedeckten Wipfel der Bäume, auf denen eine Decke aus grauen Wolken ruhte. „Wenigstens schneit es nicht.", dachte Kar.

Am Fenster schien die Zeit im Flug vergangen zu sein, denn schon im nächsten Augenblick kam die Ratte zur Tür herein. „Sind Sie fertig?" – „Ja.", entgegnete Kar. – „Folgen Sie mir.", sagte die Frau und wandte sich mit einer auffordernden Handbewegung um. Sie schritten den langen, nach wie vor menschenleeren Gang hinauf. Kar war noch ein wenig schwach auf den Beinen und stützte sich deshalb immer wieder an der Wand ab, um nicht hinzufallen. In Anbetracht seiner Schwäche schien es Kar umso verwunderlicher, dass die kleine Frau – wodurch auch immer sie ihre einstige Flinkheit eingebüßt hatte – nicht vermochte, dem von ihm vorgegebenen Schritttempo zu folgen. „Wohin gehen wir jetzt?", fragte Kar, seinen Schritt an den ihren anpassend. – „Auf Ihr neues Zimmer.", antwortete die Frau. Der Hall der Worte im leeren Gang und die stille Scham über seine vorherige, naive Träumerei schlugen Kar auf den Magen.

Als sie schon fast am Ende des Ganges angekommen waren, wandte Kar seinen Kopf leicht in die Richtung der weißen Frau: „Gute Frau, Sie haben sich doch die letzten Tage anscheinend sehr sorgsam um mich gekümmert; dürfte ich wohl nach Ihrem Namen fragen?" Die Ratte sah ihn ein wenig verwundert an, ehe sie mit ihrer Antwort in schallendes Gelächter ausbrach: „Ach Friedrich, ich bitte Sie!"

3. Nach einem recht kurzen Marsch durch einen, zumindest von Personal, belebteren Teil des Gebäudes fanden sich die beiden nun in einem Raum wieder, von dem die kleine Frau Kar mit wortlosen Gesten versicherte, dass es sich um sein neues Zimmer handelte. Der Patient blickte sich um: An der Wand rechts von ihm stand neben dem Bett, das mit dem Kopfende zu dem großen, der Tür gegenüberliegenden Fenster gewandt war, die Tür zum Badezimmer einen Spalt offen. Zu seiner Linken sah Kar einen recht kleinen Tisch mit einem sich darauf befindenden Aschenbecher – der Anblick dieses Gegenstands weckte in ihm zum ersten Mal, seit er sich im Krankenhaus aufhielt, das Verlangen, die Begierde seines Lasters zu stillen. Über dem Tisch hing ein Bücherregal an der Wand, dessen Inhalt er von seinem momentanen Standpunkt aus nicht genauer bestimmen konnte. Durch Kars gierigen Blick motiviert, fragte die weiße Frau: „Sind Sie Raucher, Friedrich?" –

„Mit größter Leidenschaft!", schrie Kar förmlich heraus, da ihn die tagelange Enthaltsamkeit nun mit voller Wucht zu treffen begann. –

„Sie dürfen hier gerne rauchen.", sagte die Frau fast mitleidig, „und lassen Sie es mich wissen, wenn Ihr Zigarettenvorrat erschöpft ist und Sie Nachschub benötigen. Ich kann Ihnen dann vom Automaten in der Eingangshalle Zigaretten bringen." Kar fasste in seine linke Hosentasche, aus welcher er ein halbvolles Päckchen Zigaretten hervorzog, und nach einem prüfenden Blick darauf erwiderte er mit einem freundlichen Lächeln: „Für den Augenblick bin ich versorgt; und ich danke Ihnen für das

Angebot, aber ich fühle mich schon wieder genug bei Kräften, um selbst ins Foyer zu gehen." –

„Das mag sein; doch ist es Ihnen untersagt, dieses Zimmer ohne ausdrückliche Erlaubnis des Personals zu verlassen." Ihre Miene hatte sich während dieses Satzes vom Inbegriff freundlichen Wohlwollens zu einem Ausdruck steinerner Pflichttreue verfinstert. „Wie lange muss ich hier bleiben?", fragte Kar unterwürfig. – „Das werden die Ärzte entscheiden." Mit diesen Worten verließ sie das Zimmer und verschloss die Tür von außen.

Kar brach, nachdem er eine Zigarette aus dem Päckchen gezückt hatte, in Eile aus, auf dem am Tisch stehenden Stuhl Platz zu nehmen. Hastig kramte er in der rechten Hosentasche nach dem Feuerzeug, welches allem Anschein nach versuchte, sich Kars Vorhaben zu widersetzen, sodass es für ihn unsagbar schwierig war, es hervorzuholen. Er verfluchte das Ding, das sich weigerte, ihm in seiner jetzigen Not dienstbar zu sein. Schließlich war es ihm doch gelungen, den Gegenstand aus der Tasche zu ziehen und sofort führte er ihn an die Zigarettenspitze. Kar atmete tief ein und schloss die Augen. Selten hatte Kar ihn intensiver und selten hatte der Rauch ihm besser geschmeckt. Friedrichs Körper entgegnete der lange ausgebliebenen Substanz mit starkem Schwindel und leichter Übelkeit. Er stützte sich am Tisch ab und zog erneut an der Zigarette. In tiefster Glückseligkeit treibend, vergaß er für einen Moment seinen Aufenthaltsort und seinen Zustand.

Lediglich in gewissen Abständen an der Zigarette ziehend und ihren wohltuenden Dampf bis in die verstecktesten Winkel seiner Lunge einsaugend, saß Kar einige Minuten lang mit geschlossenen Augen fast regungslos da. Aus der immer intensiver werdenden Hitze an seinen Fingerspitzen schloss er richtigerweise, dass sich die Zigarette, beinahe aufgebraucht, dem Ende neigte. Er öffnete kurz die Augen, um das verbrauchte Gut im Aschenbecher abzulöschen und sich eine weitere Zigarette anzuzünden.

Aus dem eingesogenen Rauch schmeckte Kar, wie es beim Entzünden einer Zigarette oft geschieht, deutlich den beißenden Feuerzeugbenzin, weshalb er den Kopf in den Nacken warf und, die Zigarette fest zwischen die Zähne geklemmt, den Rauch durch den kaum geöffneten Mund in einem dichten Schwall in Richtung der Decke blies. Als sich der von ihm selbst verursachte Nebel nun vor seinen Augen zu lichten begann, erblickte Kar einen von der Decke hängenden Gegenstand, der ihm einer Überwachungskamera ähnlich schien. Er kniff die Lider zusammen, um seinen Blick zu fokussieren; dadurch gelang es ihm, das Gerät als das erahnte zu erkennen. Doch die Freude über die Tatsache, dass er das Bett seines vorherigen Zimmers hatte verlassen können, wieder auf den Beinen war, wieder zu Kräften kam und darüber, dass er rauchen konnte, ließ ihn über die Kamera nicht grämen. Er sah es vielmehr als Notwendigkeit an, die auf der Sorge um seinen Zustand beruhte. Die zweite Zigarette neigte sich dem Ende, als Kar beschloss, sich durch ein kurzes Nickerchen von den Strapazen seiner Verlegung zu erholen. Das Bett in seinem vorherigen Zimmer war mit dem jetzigen in Hinblick auf Komfort und Gemütlichkeit keineswegs zu vergleichen. Umso weniger verwunderlich war es, dass Kar nach wenigen Augenblicken einschlummerte.

Nervös klopfte Kar mit den Fingerspitzen der linken Hand auf den kleinen Tisch. Er zog an seiner Zigarette. Wann würden die Ärzte endlich kommen?!

Ein Blick zum Fenster verriet ihm, dass außerhalb seines Zimmers noch nächtliche Ruhe und Finsternis herrschte. Kar konnte nicht schlafen, nicht hier, nicht in diesem Gefängnis. Fünf Tage hielt man ihn hier bereits fest. Während dieser Zeit hatte er dieses Zimmer nie verlassen und nur äußerst dürftigen Kontakt zu anderen Menschen gehabt. Das einzige, was er tat, war rauchen und warten.

In den Nachtstunden dieser Tage hatten ihm oft Angestellte des Nachtpersonals Gesellschaft geleistet und sich, weniger aus Interesse, als vielmehr aus Langeweile mit ihm unterhalten. Kar hasste sie alle. Er hasste ihre Geschichten, ihre Fragen und ihre Witze; aber am meisten hasste Friedrich die kleine weiße Frau. Schließlich war es ihre Schuld, dass er hier festsaß! Es verlangte Kar viel Selbstbeherrschung ab, nicht über sie herzufallen, wenn sie ihm mit einem falschen, selbstgerechten Grinsen sein Essen brachte. Das war es ja, was ihn so erzürnte: Der Umstand, dass sie keinerlei Reue für ihre Schuld zeigte, sondern ihn fast gönnerhaft pflegen zu müssen glaubte. –

Wann würden die Ärzte wohl endlich kommen?! Kar platzte fast vor Ungeduld. Sobald eine Zigarette verglüht war, zündete er sofort eine neue an; so verfuhr er schon seit geraumer Zeit, wenngleich der Rauch auch seine sonst so angenehme, beruhigende Wirkung verloren hatte und lediglich geschmacklos ein trockenes, filziges Gefühl in Kars Mund zurückließ. Die auslaufende Nacht war mittlerweile die fünfte, die er hier in Gefangenschaft gehalten wurde. Fünf Nächte und fünf Tage – die Nächte schienen Kar noch quälender als die Tage – gefangen, ohne wirklichen zwischenmenschlichen Kontakt, fortwährend einsam, doch unter ständiger Überwachung keine Sekunde allein.

Hinter dem Fensterglas begann es langsam zu dämmern und die schläfrigen Schatten verkrochen sich allmählich in ihren Verstecken. Kar wusste, dass die Ärzte, wenn sie heute kommen würden, bald kommen würden. Die Ärzte, das waren die weißen Flecken, die von den fliehenden nächtlichen Gestalten bei Tagesanbruch übrig blieben; Dämonen des Lichts, wenn man so will. Wenngleich Kar sie verabscheute, zwang ihn die absolute Abhängigkeit von den Unmenschen zu völligem Gehorsam ihnen gegenüber. Sie aber, sein Leben in ihren Händen wissend, nutzten mehrmals täglich die Gelegenheit, ihm verschiedenste Gifte zu verabreichen.

Die Tür hinter Kar sprang auf, doch anstatt der erwarteten kleinen Frau, die das Frühstück brachte, trat eine Schar von weißgekleideten, großen Menschen ein. „Die Ärzte!", dachte Kar entzückt.

„Guten Morgen Friedrich.", sagte der Größte der Weißen. Kar vermochte, zitternd vor Aufregung, kein Wort hervorzubringen. „Wie fühlen Sie sich?", fragte der Sprecher. –

„G-Gut.", stammelte Kar. Ein Gemurmel begann sich unter den Ärzten auszubreiten, jedoch zu leise und beherrscht, als dass Kar etwas hätte verstehen können.

„Wie verhält es sich mit Ihrer Medikation? Bemerken Sie irgendwelche Nebenwirkungen oder haben Sie irgendwelche Beschwerden?" – Die Frechheit dieser Frage erzürnte Kar, doch er versuchte sich dies nicht anmerken zu lassen. Die Gifte, die er verabreicht bekam, zerstörten ihn: Er zitterte andauernd, ständige Übelkeit und Schwindel ließen ihn sich jeden Tag mehrmals übergeben, seine Sinne waren zeitweise bis zur Unkenntlichkeit gedämpft und seine Gedanken verworren. „Friedrich?!", mahnte der Große auffordernd. –

„Nein, es ist alles bestens.", stieß Kar hervor. –

„Natürlich!", der Große blickte selbstzufrieden in der Schar seiner Leute umher, „Schließlich wissen wir, was wir tun." Kar nickte freundlich. „Nun gut", fuhr der Arzt fort, „Ihr Zustand scheint sich gebessert und stabilisiert zu haben. Deshalb werden Sie dieses Zimmer heute verlassen."

Kar war außer sich und vermochte kaum seine Freude zu verbergen. Um die entstandene Hoffnung des Gefangenen aber schnellstmöglich wieder zu brechen, fügte der große Arzt grinsend hinzu: „Sie werden auf eine andere Station verlegt." Mit diesen Worten wandte er sich um und verließ mit seiner Gefolgschaft den Raum.

Noch ehe sich die Tür hinter den Ärzten schließen konnte, huschte die Ratte mit dem Frühstückstablett herein. „Guten Morgen Friedrich!", klang es Kar entgegen, der, ein wenig enttäuscht von dem Urteil der Götter, den Gruß nur mit einem traurigen Blick erwiderte. Seine Betrübtheit in einem gewissen Maße verstehend sagte die Frau: „Ich komme Sie holen, wenn Sie gefrühstückt haben, und bringe Sie auf Ihr neues Zimmer." Sie machte eine kurze Pause und fügte, durch Kars Schweigen in ihrer Annahme über den Grund seiner Trauer bestätigt, hinzu: „Das neue Zimmer auf der anderen Station wird Ihnen gefallen, Friedrich; Sie werden das Zimmer mit drei weiteren Patienten bewohnen. Sie werden dann sicher nicht mehr so einsam sein wie hier." Beschämt durch den missglückten Aufheiterungsversuch, würdigte Kar sie keines weiteren Blickes. Sogleich verließ die kleine Frau ihn und überließ Kar seinem Essen.

Kar hatte keinen Hunger, daher schlürfte er nur ein wenig an dem, aus übertriebener Rücksichtnahme auf seinen Zustand, für seinen Geschmack viel zu milde zubereiteten Kaffee. Der lauwarme Trunk beruhigte allmählich Kars immer noch vor Aufregung und Enttäuschung zitternde Hände. Obwohl es ihn betrübte, weiterhin in dieser Krankenanstalt bleiben zu müssen, ermunterten ihn dennoch die Vorstellung wieder unter Menschen zu kommen und die Hoffnung auf die Möglichkeit eines unbeobachteten Rückzugsorts. Wahrscheinlich würden ihm auf der neuen Station mehr Freiheiten gewährt und vielleicht würde er von dort bald entlassen werden. Zweifelsfrei stand fest, dass es ihm auf der neuen Station besser gehen werde, als in seinen bisherigen Zimmern, und dass es folglich töricht wäre, sich über die – wenn auch nur – Verlegung zu ärgern.

Plötzlich fiel Kar die Geschichte eines Pflegers des Nachtpersonals ein, welche dieser ihm vorletzte Nacht erzählt hatte. Sicherlich mit der Intention, Friedrich dazu zu bewegen, seinen Sturz nicht auf die leichte Schulter zu nehmen und ihn dennoch an den glimpflichen Ausgang des Vorfalls zu erinnern, erzählte der Pfleger – er hieß ebenfalls Friedrich – von einem einstigen Bekannten, der auch gestürzt war:

Der Bekannte war, als es zu dem Unglück kam, noch ein junger Mann von zweiundzwanzig Jahren, dem es an nichts fehlte, der sozusagen ein glückliches Leben führte. Er schritt wieder einmal einen von ihm schon oft beschrittenen Weg entlang, doch mit einem Mal verlor der junge Bekannte das Gleichgewicht und stürzte. Er stürzte und – der Pfleger Friedrich stockte an dieser Stelle kurz mit seiner Erzählung, als ihm Tränen in die Augen stiegen – und es war für seine Familie, seine Freunde und alle Bekannten quälend zu hören, in welch schrecklichem Unglück der Sturz geendet hatte. Als der junge Bekannte stürzte, brach ihm eine Rippe und durchbohrte seine Lunge. Er starb in wenigen Minuten…

Kar bezweifelte, dass es wirklich möglich war, sich in so jungem Alter bei einem Sturz die Rippe zu brechen, doch wollte er damals dem mit seiner hervorgebrochenen Trauer ringenden Pfleger nicht widersprechen. Wenngleich die Geschichte zum

32

Zeitpunkt der Erzählung die gewünschte Wirkung verfehlte, sondern im Gegenteil Kars Unruhe und seinen Hass auf den Pfleger Friedrich verstärkt hatte, so traf ihre Moral den Sinn des Patienten nun mit schärfster Präzision. Zwar hielt Kar seinen Sturz nach wie vor für kein besorgniserregendes Ereignis, doch verdeutlichte ihm die Erinnerung an diese Erzählung, welches Glück er vermutlich gehabt hatte.

Erheitert von dem Umstand seiner Unversehrtheit und der bevorstehenden Verlegung freute er sich, als die kleine weiße Frau kam, um ihn zu holen. „Sind Sie fertig?", fragte die Frau noch immer etwas mitleidig, da sie Kars Stimmungswechsel noch nicht begriffen hatte. – „Gewiss!", antwortete er, warf die halbe glühende Zigarette in den Aschenbecher und sprang auf, um ihr zu folgen.

4. Kar folgte der kleinen Frau wortlos kreuz und quer durch das Gebäude. Die Ratte schien selbst nicht genau zu wissen, wo sie hin wollte, denn mittlerweile waren die beiden bereits zum dritten Mal an Friedrichs altem Zimmer vorbeigelaufen. Kar wagte es nicht seine Führerin darauf anzusprechen, war er doch ohnehin zu gut gelaunt, um sich ernsthaft Gedanken darüber zu machen.

„Wir sind gleich da.", flüsterte die kleine Frau ein wenig außer Atem, um die lange Stille zu vertreiben. Das von Kar erwiderte, freundliche Nicken vernahm sie vermutlich gar nicht mehr, da sie plötzlich in eine Nische abbog, wo sie vor einer unbeschrifteten, gläsernen Schiebetür Halt machte. Durch die Tür erblickte Kar den dahinter liegenden Gang, in dem sich zahlreiche Patienten in Nachthemden und einige Personen in ziviler Kleidung – wahrscheinlich auch Patienten – tummelten.

„Da ist es, Friedrich.", sagte die Frau während sie mit ausgestrecktem Arm ziellos in den Gang deutete. Durch Kars unsichere Miene zu weiteren Ausführungen angehalten fuhr sie fort: „In diesem Gang liegt Ihr neues Zimmer." –

„Begleiten Sie mich denn nicht weiter?", fragte Kar. –

„Nein, das kann ich leider nicht. Sie müssen wissen, Friedrich, das Personal hat zu dieser Station keinen Zugang; die Patienten leben und herrschen auf dieser Station." Kar fehlten die Worte. Er fragte sich, wem eine solche Einrichtung nützlich sein sollte. Ehe er diesen Gedanken aussprechen konnte, unterbrach ihn die Ratte: „Ihr Zimmer hat die Nummer 3-71. Es befindet sich, glaube ich zumindest, fast am Ende des Ganges, auf der rechten Seite."

Kar, der von der Frau nun eine Antwort auf die zuvor gefasste Frage, wie auch auf einige weitere, die den Tagesablauf, die Freiheiten und die Verbote der neuen Station betrafen, wollte, schlug einen energischen Ton an: „Sagen Sie –"

„Ich bin nun nicht mehr für Sie zuständig. Leben Sie wohl, Friedrich!" Mit diesen Worten wandte sie sich um und überließ Kar allein seinem Schicksal.

Verunsichert durch den Verlust seiner einzigen Bezugsperson im gesamten Krankenhaus, betrat Kar nach kurzem Zögern den Gang. Vorsichtig setzte er einen Fuß vor den anderen, sich

34

dabei stets an die rechte Wand haltend und immer wieder, in kurzem Verweilen, die kleinen Täfelchen, die neben jeder einzelnen der Türen angebracht waren, genau studierend, um sein Ziel nicht zu verfehlen. Das Getümmel der Patienten schien sich absichtlich nicht auf die rechte Seite des Ganges auszubreiten, um für Kar einen sicheren Pfad in der neuen Umgebung zu generieren. Der Neuankömmling bemerkte die wohlwollende Intention der Bewohner und dankte ihnen allen mit freundlichen Grußworten. Bald hatte Kar die Tür erreicht, an der vom daneben befindlichen Täfelchen die Ziffern 3-71 leuchteten. Kar atmete tief durch, ehe er mit drei leisen Schlägen zaghaft an das künstliche Holz klopfte. Langsam stieß er die Tür auf und huschte schnell hinein, als der Spalt sich weit genug aufgetan hatte, um sich hindurchzuzwängen.

Nachdem er die Tür hinter sich behutsam hatte ins Schloss fallen lassen, hob Kar das gesenkte Haupt, um die neue Umgebung zu begutachten, als ihm derart gleißendes Sonnenlicht entgegenschlug, dass es ihm die Sicht raubte und er gezwungen war, vor Schmerz die Lider mit ganzer Kraft zusammenzupressen. Mit einer gewissen Vorsicht öffnete Kar sie wieder, während er die Augen mit der Hand beschattete. Sofort erkannte er – es war unmöglich zu übersehen – ein gewaltiges Fenster, welches ab Brusthöhe die gesamte Wand der der Tür gegenüberliegenden Seite bis hin zu der mehrere Meter hohen Decke dieses unerwartet geräumigen Zimmers bildete, als Quelle des Lichts. Sich weiter umsehend, erblickte Kar vier Betten, zwei auf jeder Seite des Raumes, von der Tür aus gesehen, von denen das, ihm zur Rechten und am nächsten gelegene, leer stand, während auf jedem der anderen drei je eine Person lag. Als sein Blick allmählich immer klarer wurde, versuchte Friedrich die Personen auf den Betten genauer zu identifizieren.

Zunächst betrachtete er den Mann, der auf dem Bett neben dem leeren, vermutlich für Kar bestimmten Bett lag. Dieser Mann war äußerst schlank, sodass es sogar im Liegen deutlich erkannt werden konnte, und von durchschnittlicher Größe. Lange graue Haare fielen hinter den Ohren, zu Strähnen geordnet, auf seine Schultern und bildeten einen seltsamen Kontrast zu dem runden, jugendlichen – ja, fast kindlichen Gesicht, dessen ein Teil verborgen wurde, während der Mann seine Nase und die darauf thronende Brille tief in einem mit unleserlichen Lettern bedruckten Buch vergrub.

Der Mann, der diesem gegenüber lag, wirkte durch seinen hohen Wuchs und die beträchtliche Stärke, die sich nicht nur auf die muskulösen Arme zu beschränken, sondern den ganzen Körper zu durchziehen schien, äußerst robust. Ein struppiger Schopf schwarz-grauen Filzes begrenzte sein Antlitz wenige Zentimeter über den Augenbrauen. Am unteren Ende wurde die finstere Miene von einem bartlosen Kinn abgeschlossen, über welchem ein wortloser Mund unsägliche Trauer beklagte. Es war Kar ein Rätsel, wie ein einfaches Menschenleben derart offensichtliche Spuren auf dem kantigen Gesicht dieses unbezwingbaren Mannes zu hinterlassen vermochte. Dunkle Augen ruhten, gleich zwei kleinen Flammen, deren Hitze

36

aufgrund der gesehenen Dinge nur ein Abglanz einer früheren zu sein schien, tief in ihren Höhlen. Als diese sich nun an Kar hefteten, wandte er seine Aufmerksamkeit schnell auf den dritten Mann, damit sich die Blicke nicht trafen.

Dieser Patient war von annähernd normaler Größe und, soweit Kar es beurteilen konnte, recht sportlich. Helles, nur wenige Millimeter langes Haar – Kar musste sich bemühen es überhaupt zu erkennen – überwucherte die Rück- und Oberseite des kleinen, rundlichen Kopfes und ging nahtlos in einen dichten, durch Farbe und Länge davon beinahe nicht unterscheidbaren, stoppeligen Teppich über, der, den Mund umrandend, Kinn und Wangen bedeckte. Seine Sportlichkeit damit deutlich unterstreichend, gelang es dem Mann jedoch nicht mit der Gesichtsbehaarung den darunter eingebrannten Ausdruck eines tief sitzenden Schmerzes zu verbergen.

Durch das seit seinem Betreten des Raumes andauernde Schweigen und die auffordernden, auf ihn gerichteten Augenpaare dazu gedrängt, erhob Kar schließlich das Wort: „Guten Morgen, meine Herren. Mein Name ist Friedrich Kar und mir wurde bestimmt, dieses Zimmer auf, wie ich meine, vorerst unbestimmte Zeit mit Ihnen zu bewohnen."

Kars Ansprache schien die skeptische Neugier der beiden Patienten zu seiner Linken in teilnahmslose Gleichgültigkeit gewandelt zu haben, während der weißhaarige Mann ihn seit seinem Eintreten, nicht bemerkend, oder ignorierend, keines Blickes gewürdigt hatte. Da es für Kar nicht den Anschein hatte, als wollte ihm jemand antworten, setzte er sich auf das leere Bett. Er fühlte sich durch das ihm entgegengebrachte Schweigen, welches er als Unhöflichkeit auslegte, ein wenig vor den Kopf gestoßen, versuchte aber, seine kindliche Kränkung hinunterzuschlucken und die Fassung zu wahren. Ihm war klar, dass ein gewisses Misstrauen gegenüber einem Fremden, mit dem man auf engem Raum zusammengesperrt wurde, durchaus seine Berechtigung hatte und auch, dass es nicht in jedermanns Interesse lag, sich mit einem solchen Fremden näher zu befassen, oder gar anzufreunden. Zugleich sah Friedrich ein, dass er nach der ersehnten Befreiung aus seiner Isolation vermutlich zu euphorisch gewesen war, um ein passendes Verhalten an den Tag zu legen. Gewiss hätte er sich gleich verhalten, wäre er an der Stelle der Zimmergenossen gewesen, und sicherlich wäre er angemessener verfahren, hätte er sich nicht in einem so aufgewühlten Zustand befunden.

Zufrieden über diese Erkenntnis und die ausreichende Rechtfertigung seines Verhaltens, wurde Kar von einem schleichenden Drang befangen, das Verlangen seines Lasters zu stillen. Er bemerkte selbst, dass ihn nicht so sehr sein Bedürfnis nach Nikotin trieb, als vielmehr die verpflichtende Gewohnheit, der er sich während der letzten Tage unterworfen hatte. Da er hier sowieso nicht erwünscht schien, beschloss Kar, ein wenig die Station zu erkunden und einen Ort zu suchen, an dem man rauchen konnte.

„Weshalb bist du hier, Friedrich?", fragte der sportliche Mann aus heiterem Himmel. Kar schämte sich der Ursache seiner Anwesenheit ein wenig, wobei er selbst nicht wusste, weshalb.

„Ich bin gestürzt.", gestand er kleinlaut. Der weißhaarige Mann fuhr von seinem Buch hoch und gleich fixierten Friedrich sechs Augen mit größtem Entsetzen.

Auch, um dieser Situation zu entfliehen, erhob sich Kar und öffnete die Tür, indem er sie an der lockeren Klinke mit zwei Fingern zu sich heranzog. Als er gerade im Begriff war, den Raum zu verlassen, begann hinter ihm jemand zu sprechen: „Wohin gehst du, Friedrich?" Kar blieb wie angewurzelt stehen und wandte sich langsam um, während die Tür in seinem Rücken wieder ins Schloss fiel. „Wohin gehst du?", fragte der robuste Kerl, wie Kar an der Stimme erkannte, ein zweites Mal. „Ich will mich ein wenig umsehen", sagte Kar, „und –", er zog seine Zigarettenschachtel hervor, „und rauchen." Der robuste Mann seufzte. „Zum Raucherraum geht es den Gang in linker Richtung hinauf; es ist die dritte rechte Tür." – „Herzlichen Dank.", entgegnete Kar, während ihm mit einer unmissverständlichen Geste angezeigt wurde, dass er nun frei war, den Raum zu verlassen.

Als Kar hinaustrat, hielten sich viele Menschen im Gang auf, die, teils hektisch eilend, teils gemächlich an den diversen Türen und Ecken plaudernd, Kar wenig beachteten. Denen, die dem Neuankömmling aus Neugier dennoch eine gewisse Aufmerksamkeit zukommen ließen, begegnete dieser mit dankbarem Nicken. Bald war die angewiesene Tür erreicht und Kar konnte ein verstecktes Schmunzeln, aufgrund der Belustigung über die Aufschrift des neben der Tür angebrachten Täfelchens „RaucherInnenraum", nicht unterdrücken. Der modrige Geruch kalten Rauches überströmte Kars Gesicht durch den Spalt zwischen der aus trübem, undurchsichtigem Glas gefertigten, schlosslosen Tür und dem Türrahmen, in einem zarten Hauch und verstärkte dadurch seinen Wunsch, die Tür zu durchschreiten. Mit einem heftigen Schwung aufgestoßen, stoppte die Glastür an einer zu diesem Zweck angebrachten Gummikugel und fiel hinter Friedrich wieder geräuschlos zu.

Fünf gleich große Fenster an der, der Tür gegenüberliegenden, Längsseite des Raucherraumes, von denen zwei halb geöffnet waren, boten einen Blick auf den, noch Großteils von einer schwindenden Schneedecke verhüllten, bewaldeten Hang, an dem das Krankenhaus lag, während die andere Längsseite und die beiden Breitseiten von insgesamt sechs Bildern geschmückt wurden. Die Tür teilte den Raum in zwei etwa gleich große Hälften. In der linken Hälfte befand sich ein quadratischer Tisch mit vier, in Farbe und Material dazu passenden, Stühlen, die im Moment alle von älteren, weiblichen Patientinnen besetzt waren. Die andere Hälfte des Raumes wurde beinahe gänzlich von einem großflächigen, niedrigen Glastisch und den verschiedenen, dabeistehenden Sitzgelegenheiten – Kar zählte einen Diwan, einen komfortablen Sessel mit gepolsterten Armlehnen, drei schlichte Stühle und fünf kleine, dreibeinige Hocker – eingenommen. Wenngleich alle dieser Sitzmöbel unbeansprucht waren, wagte Kar es nicht, auf den bequemer wirkenden Platz zu nehmen, und setzte sich daher auf einen der

Hocker, nachdem er den am Tisch befindlichen Aschenbecher näher zu sich herangezogen hatte.

Der inhalierte Rauch entfaltete seit mehreren Tagen das erste Mal ein angenehmes, beruhigendes Aroma, welches, dem der ersten morgendlichen Zigarette gleichend, Kars Sehnsucht nach seinem Zuhause weckte. Trotz dieser, gut gelaunt und in der zukünftigen Nostalgie seiner Entlassung schwelgend, wurde Kar aus seinen Gedanken gerissen, als eine der Frauen plötzlich laut zu lachen begann. Nun direkt dazu aufgefordert, beschloss Kar, das Gespräch der Damen ein wenig zu belauschen.

Schon nach wenigen mitangehörten Sätzen wurde deutlich, dass die Frauen offenbar schon einige Zeit hier waren, da die Vertrautheit der gewechselten Worte auf eine längere Bekanntschaft schließen ließ. Natürlich bestand auch die Möglichkeit, dass die Frauen schon vor ihrem Krankenhausaufenthalt miteinander bekannt waren, was Kar aber für sehr unwahrscheinlich hielt.

Erquickt und auf gewisse Weise fasziniert von dem Gespräch, saß Kar unzählige Zigaretten lang da und lauschte den vorgebrachten Späßen und Geschichten. Durch den herzlichen Umgang der Frauen ermutigt, sah Kar eine Gelegenheit, seine offenen Fragen diese Station betreffend beantwortet zu bekommen. Er wartete allerdings noch auf den richtigen Augenblick, diese vorzubringen, um weder das Gespräch zu stören, noch die Frauen durch seine Unhöflichkeit zu verärgern.

Eine der Frauen, die kurz zuvor von einer der anderen „Rosa" genannt worden war, erzählte gerade eine scheinbar aus fernerer

Vergangenheit stammende Geschichte über ihren Sohn, während sie mit der linken Hand unaufhörlich an den strohigen Fransen ihrer, durch eine ermattete Dauerwelle in schlaffen Locken herunterhängenden, zum Großteil ergrauten, schulterlangen Haare zupfte.

„… Er war sehr mitgenommen. Aber dann habe ich gesagt: ‚Solange dir nichts passiert ist, ist alles halb so schlimm.' " Kar hatte sich kurz in Gedanken verloren, als er Rosa beim Zupfen beobachtet hatte, und deshalb einen Teil der Erzählung unaufmerksamer Weise nicht bewusst mitangehört hatte; er glaubte aber, dass von einem kleineren Autounfall berichtet wurde. Kar erkannte dies als die Gelegenheit, auf die er gewartet hatte, um in die Unterhaltung einzusteigen. Nur wie sollte er das bewerkstelligen? Sollte er sich mit neugierigen Fragen über den genauen Hergang erkundigen? Sollte er sich besorgt über die entstandenen Schäden informieren? Oder sollte er vielleicht eine ähnliche Geschichte erdichten, um eine Grundlage für ein gemeinsames Gespräch zu schaffen? Vielleicht wäre auch eine fein abgestimmte Mischung aller drei Vorgehensweisen am ertragreichsten. Diese bedürfte jedoch gründlicher Überlegung und würde somit am meisten Zeit in Anspruch nehmen. Zeit war nun aber das, wovon Kar am wenigsten zur Verfügung stand. Wie willkommen wäre jetzt nur die Uhr des Wartezimmers gewesen, mit ihrer Fähigkeit die Zeit anzuhalten!

Friedrich wusste, dass er jetzt handeln musste und holte tief Luft, gefolgt von einem Räuspern, noch ehe die Frage nach

42

seinem Vorgehen geklärt war. Durch diese Geste auf ihn aufmerksam gemacht, schienen die Damen zum ersten Mal Kars Präsenz wahrzunehmen, weshalb sie sich ihm mit skeptischen, aber erwartungsvollen Blicken zuwandten. Auch jene Frau, die mit dem Rücken zu Kar gesessen war, und deren Gesicht er bis zu diesem Zeitpunkt noch nicht gesehen hatte, drehte den Kopf über die rechte Schulter in seine Richtung. Bei ihrem Anblick erstarrte Kar unter einem eisigen Schauer.

Unter den dünnen, glatten, weißen Haaren, die bis über die Schultern reichten, hätte Kar keineswegs ein derart hässliches Gesicht vermutet. Vom Haaransatz, der in der hinteren Hälfte des Kopfes zu beginnen schien, erstreckte sich eine gewaltige Stirn bis zu einer querliegenden Wulst, die Kar an rekonstruierte Bilder von Steinzeitmenschen erinnerte, die er irgendwann einmal gesehen hatte. Darunter wucherten ungepflegte, buschige, beinahe miteinander verschmolzene Augenbrauen, die einen dunklen Schatten auf die ohnehin kaum erkennbaren, viel zu kleinen Schweinsaugen warfen. Eine große, leicht nach oben gekrümmte Nase thronte über einem von unzähligen Fältchen umrandeten Mund, aus welchem, da er halb geöffnet war, viel zu weit voneinander entfernte, gelbliche Zähne blitzten. Abgesehen von der näheren Umgebung des Mundes und dem hervorstehenden Doppelkinn war das Gesicht faltenfrei; jedoch war es übersät von unzähligen Unreinheiten, die Kar selbst aus der Entfernung deutlich erkennen konnte, und vielen kleinen Narben, die eindeutig das Ergebnis mangelnder Pflege waren.

Wenngleich Friedrich diese Frau ein wenig bemitleidete, konnte er nicht umhin, den Aufschub dieses Anblicks bis zum jetzigen Augenblick als intendierten Unterbindungsversuch seines Gesprächsvorhabens zu deuten. Er beschloss, sich nicht unterkriegen zu lassen, doch noch bevor er eine Entscheidung darüber getroffen hatte, was er nun sagen sollte, entwich ihm ein kurzes „Äh". Zutiefst beschämt wegen der vertanen Chance, sprang Kar auf und eilte zur Tür hinaus. Sein Vorhaben war vereitelt worden.

Mehrere Tage – es musste mittlerweile der dritte oder vierte sein – lebte Kar nun schon auf der Station der Patienten. Seine anfänglichen Fragen waren inzwischen geklärt und seine Bedenken zerschlagen. Dies war hauptsächlich der Hilfe von Johann, dem sportlichen, blonden Zimmerkollegen Kars, zu verdanken, mit welchem sich in den letzten Tagen eine freundschaftliche Beziehung entwickelt hatte. Vielleicht war der Begriff der Freundschaft, auch in Anbetracht der erst sehr kurzen Bekanntschaft, zu stark für diese Verbindung. Sie wechselten lediglich, immer wenn sie einander im Kranken- oder im Raucherzimmer trafen, einige Worte, und wenn sie einander begegneten, während sie durch die Gänge der Station streiften, plauderten sie oder entgegneten dem anderen zumindest einen freundlichen Gruß. Kar streifte, wie die anderen Patienten auch, oft in den Gängen oder dem, hinter dem Krankenhaus liegenden, Wald umher. Es gab schließlich, abgesehen vom Rauchen, wenige Beschäftigungsmöglichkeiten.

Wenngleich sich Kar mittlerweile damit abgefunden hatte, ebenso wie in seinem alten Zimmer unter ständiger Beobachtung zu stehen – wobei es keine Rolle spielte, dass der Beobachter sich gewechselt hatte – wuchs in ihm der immer stärker werdende Wunsch, einmal, zumindest für ein paar Minuten, ganz für sich allein zu sein, ohne einem Streifer zu begegnen.

Es war schon beinahe elf Uhr nachts und Kar war gerade auf dem Weg zurück in sein Zimmer. Als er, dort angelangt, seine Zimmergenossen in dem Lichtschein der halboffenen Tür schon tief schlafend vorfand, beschloss er, umzukehren und sich doch noch einmal ins Raucherzimmer zu begeben. Auch um diese Uhrzeit waren die Gänge der Station voll von Patienten, wenngleich es natürlich deutlich weniger waren als tagsüber. Im Raucherraum saßen Rosa und eine ihrer Freundinnen an ihrem Tisch und spielten Karten. Es herrschte angenehmes Schweigen, welches nur vom Klatschen der Karten auf dem Tisch und gelegentlichen, neckischen Wortwechseln der Spielerinnen, die anscheinend zum gegenseitigen Ansporn dienen sollten, unterbrochen wurde.

Kar saß auf seinem Hocker – es war inzwischen für ihn zur Gewohnheit geworden, stets auf demselben Hocker Platz zu nehmen, auf dem er auch bei seinem ersten Besuch im Raucherzimmer gesessen war – und blickte gedankenverloren aus einem der Fenster. Als seine Gedanken zufällig darauf fielen, stellte er beiläufig fest, wie sehr er sich schon an das Leben auf der neuen Station gewöhnt hatte. Das tägliche

Umherstreifen, die Apathie einiger Patienten, das unentwegte Lesen desselben Buches seines weißhaarigen Zimmerkollegen, Rosa als nicht wegzudenkender Teil des Inventars des Raucherzimmers und unzählige weitere Dinge waren für ihn selbstverständlich, ja sogar notwendig geworden. Dieser Notwendigkeit gegenüber mehrten sich, mit hoher Wahrscheinlichkeit eben daraus entstandene, Zweifel bezüglich aller anderen Dinge. Kar stellte fest, die Ursache seines Sturzes vergessen zu haben und ebenso vermochte er nicht mit Gewissheit zu sagen, ob er überhaupt gestürzt war. Vielleicht hatte er sich schon immer hier befunden; vielleicht endete die Welt außerhalb der Mauern und jenseits des Waldes.

Nachdem Kar einige Augenblicke vergeblich mit seinem rechten Zeigefinger in dem Zigarettenpäckchen nach einer Zigarette gefischt hatte, um diese schließlich als leer zu identifizieren, machte er sich auf den Weg, im Foyer eine neue Schachtel zu besorgen. Auch außerhalb der Station wimmelte es auf den Gängen vor Menschen; es waren zwar keine Streifer, sondern Bedienstete des Nachtpersonals, aber das schien Kar sogar noch um einiges schlimmer. Unter dem missbilligenden Blick des Pförtners – das rege Kommen und Gehen erforderte seine Anwesenheit auch in den Nachtstunden – schlenderte Kar durch die recht modern eingerichtete Eingangshalle in Richtung der Nische, in welcher sich die Automaten befanden. Abgesehen von dem Zigarettenautomaten, gab es noch einen Kaffee- und Teeautomaten und einen, von dem gekühlte, kleine

Plastikflaschen mit verschiedenstem Inhalt gekauft werden konnten.

Kar schob das zuvor bereits abgezählte Kleingeld bedächtig in die dafür vorgesehene Öffnung und drückte dann auf den Knopf, auf dem das Symbol der von ihm präferierten Zigarettenmarke abgebildet war. Nachdem er die Schachtel aus dem Ausgabefach entnommen hatte, überkam Kar, als er sich gerade umwandte, um auf seine Station zurückzukehren, eine verheißungsvolle Idee. Die Nische mit den Automaten, in welcher er sich gerade befand, war vom Portier nicht einsehbar. Dazu kam, dass sich zwischen dem Plastikflaschenautomaten, und der Rückwand der Nische ein Spalt auftat, in welchem ein Mann von Kars Ausmaß problemlos, mit an die Schulterbreite angeglichenem Stand, zu stehen vermochte. Vielleicht, dachte Kar, würde es ihm gelingen, sich an dieser Stelle vor den Blicken des vorbeihuschenden Personals zu verbergen, um endlich, zumindest für einen Augenblick, die ersehnte, kompromisslose Ungestörtheit zu erlangen. Schnell hatte er sich in die Ritze gezwängt und stellte nun freudig fest, dass ihm die Sicht auf die Eingangshalle gänzlich genommen war, und er somit von dort aus vermutlich auch nicht mehr sichtbar war. Seine Nüstern blähten sich unter dem dumpfen Schwall der enormen Erleichterung. Den Kopf in den Nacken geworfen, ließ sich Kar langsam der Wand entlang zu Boden gleiten, sodass er schließlich mit angewinkelten Beinen, fast bewegungsunfähig in sein Versteck gepresst, dasaß. Gewaltige Emotionen übermannten den Versteckten aus der willkommenen Stille, die lediglich durch das leise Surren der Automaten unterbrochen wurde. Diese kontinuierlichen Laute muteten Kar, während sie von den engen Wänden dröhnend zurückprallten, schöner an als jede Symphonie.

Kar erinnerte sich an den Sturz und an den Schwindel, der ihn verursacht hatte. Er erinnerte sich an sein Leben, an Freunde und Familie, und an seinen Beruf, dessen Ausübung ihn oft mit Überdruss erfüllt hatte, nach dem er sich nun jedoch gewaltig sehnte. Er erinnerte sich auch, dass er zu Unrecht hier festgehalten wurde, und beschloss, gleich am nächsten Tag etwas dagegen zu unternehmen. Doch für den Moment genügte ihm die gegenwärtige Freiheit und er schloss, beinahe glückselig, seine Augen.

5. Kar wurde mit lautem Niesen aus seinem Schlaf gerissen, als Sonnenstrahlen seine Nase kitzelten. Die Uhr an der Zimmerwand zeigte kurz vor elf Uhr und die beiden Betten, die Kars gegenüber lagen, waren bereits leer und frisch gemacht; diese zwei Männer begannen für gewöhnlich gegen neun Uhr mit dem Umherstreifen. Kar war weder verwundert über die Uhrzeit – er war schließlich erst in das Zimmer zurückgekehrt, als das erste Licht der Morgendämmerung durch die gläsernen Eingangstüren bis in sein Versteck gekrochen war – noch darüber, dass sein nächtlicher Ausflug und sein sicherlich auch besonders tiefer Schlaf, der fast bis zum Mittag gedauert hatte, niemanden zu kümmern schien. Als er sich im Bett aufgesetzt

hatte, um endlich aufzustehen, bot sich Kar ein dermaßen ungewohnter Anblick, dass ihm ein kühler Schauer, der sich langsam vom Nacken her über den ganzen Rücken ausbreitete, sämtliche Müdigkeit austrieb: Das Bett zu seiner Rechten war leer. Aber der weißhaarige Mann war kein Streifer; ja Kar hatte ihn noch nie sein Buch beiseitelegen, geschweige denn sein Bett verlassen gesehen. Erst jetzt bemerkte Friedrich, dass der langhaarige Mann, der im Stehen noch größer war, als man im Liegen vermuten konnte, am geschlossenen Fenster stand, während er sich, mit beiden Armen auf die Fensterbank gestützt, so weit nach vorne beugte, dass seine Nase beinahe die Scheibe berührte. Um der unbehaglichen Situation schnellstmöglich zu entkommen, hatte sich Kar rasch angezogen und war gerade im Begriff sich auf leisen Sohlen aus dem Raum zu stehlen, als er den Mann am Fenster murmeln hörte: „… wie schön …". Kar erstarrte und wandte sich langsam um. Der Mann hatte seinen Stand verbreitert und streckte nun beide Arme fast waagerecht vom Körper, während die einzelnen Finger an seinen Händen mit aller Kraft auseinander gespreizt zu werden schienen. Den Kopf ein wenig zur Seite geneigt rief der Mann aus unter seiner Freude bebender Kehle: „Gott, sehen Sie, wie schön!"

Der Klang der kratzigen Stimme befremdete Kar kein bisschen weniger als das Geschehen selbst. Ohne sich umzuwenden wiederholte der Mann nun etwas gefasster: „Sehen Sie wie schön, Friedrich.", während er Kar durch eine winkende Geste zu verstehen gab, er möge näher treten. Der Aufforderung zaghaft nachkommend, indem er langsam zu dem Fenster schritt, realisierte Kar, dass er über diesen Mann, im Gegensatz zu seinen anderen beiden Zimmerkollegen, nichts wusste. Johann hatte ihm zwar einmal den Namen des Mannes genannt, welchen Kar jedoch unverzüglich wieder vergessen hatte. Er meinte nur, sich zu erinnern, dass der Mann wie irgendein Edelstein hieß.

Kar hatte sich nun zur Rechten des Mannes postiert und ließ seinen Blick erwartungsvoll durch die Scheibe dringen. Friedrich hatte nämlich bis jetzt noch nicht aus diesem Fenster geblickt – ja, er war sich gar nicht sicher, ob er wusste, was sich auf dieser Seite des Gebäudes befand. Er sah den zum Gebäude gehörenden Parkplatz, der auf zwei Seiten von Ausläufern des angrenzenden Waldes berührt wurde. Aus diesem floss eine schmale Straße den Hang hinab, wo sie in einen stark frequentierten Verkehrsweg mündete. Obwohl es sicherlich nicht dieser Anblick war, auf den er hingewiesen werden sollte, fragte sich Kar dennoch, ob er auf diesem Weg hierhergekommen war; denn diese Straße schien ihm gänzlich unbekannt.

Plötzlich realisierte Kar den geänderten Umstand, der diese Unsicherheit in ihm auslöste: Die Schneemassen, welche bei seiner Ankunft alles unter einer dicken, kalten Decke vor sämtlichen Augen verborgen hatten, waren dem ergrünenden Braun wiederauflebender Wiesen gewichen. „Der Frühling ist angebrochen.", sagte der Mann, während er Friedrich auffordernd ansah. Dieser nickte nur stumm und eilte zum

50

Zimmer hinaus; denn er wollte das durch das Fenster Erahnte mit eigenen Augen sehen. Kar stürmte die Treppe hinab, verweilte kurz vor der Hintertüre des Krankenhauses und holte tief Luft, ehe er sie energisch öffnete.

Vor ihm lag der, noch in die Schatten des Gebäudes getauchte, gepflasterte Hinterhof und hinter diesem der schneelose Wald, dessen einheitliche Farbe von vielen streunenden Flecken durchzogen war. Friedrich sprang aus der Tür und lief freudig den Hang hinauf, bis er, vom Krankenhaus aus nicht mehr sichtbar, zwischen den Bäumen verschwand.

Mittlerweile war Kar zu jenem Weg gekommen, der den Hang waagrecht durchschnitt, und welchem er auf seinen Streifzügen bis zu jenem Punkt zu folgen pflegte, an dem sich ein schmaler Pfad hangabwärts abzweigte und in einer weiten Schlinge wieder zum Gebäude zurückführte. Wider die Gewohnheit der letzten Tage bog Friedrich nicht auf diesen Pfad ab, um zum Gebäude zurückzukehren, sondern wanderte auf dem breiten Weg weiter. Seine Euphorie war inzwischen ein wenig abgeflaut, weshalb sich das übertriebene Eilen allmählich zu einen langsamen Schlendern wandelte. Der Teil des Waldes, in welchem Kar sich nun befand, war gänzlich frei von umherstreifenden Patienten, sodass es ihm möglich war, die wiederaufkeimende Natur in aller Ruhe und in all ihrer Pracht bewundernd mit allen Sinnen in sich aufzusaugen. Glitzernd hingen frisch gesponnene Netze, feucht von der fetten Frühlingsluft, zwischen braunen Astgabeln und verteilt im überraschend undurchdringlichen Unterholz, wo sie von einzelnen Lichtstrahlen, die sich durch die Baumkronen gekämpft hatten, in ein zartes Licht getaucht wurden. Bei der Entscheidung, die durch die zunehmende Dichte des Waldes eher nahegelegt als zwingend schien, nämlich in welcher Richtung der Spaziergang fortzusetzen sei, ließ sich Kar von einem mit üppigem, grünem Moos überwucherten Stein, der die Abzweigung eines engen Steigs markierte, dazu verleiten dessen Verlauf weiter zu erkunden.

Es dauerte nicht lange, da hatte sich die Umgebung verdunkelt, sodass der Anschein erweckt wurde, die Abenddämmerung hätte eingesetzt. Ein gleißender Fleck am vermeintlichen Ende des Weges, der sämtliches Licht in sich zu sammeln schien, war, so Kars feste Überzeugung, der Ursprung der Finsternis. Mit jedem einzelnen Schritt, den Friedrich in dessen Richtung setzte, sträubten sich seine Glieder unter immer schwerer werdendem Widerwillen. Es gelang ihm letztlich dennoch, sein Ziel zu erreichen und, während sich seine Augen vom blendenden Licht erholten, klärte sich Kars Blick auf die kleine vor ihm liegende Lichtung.

Es war ein rundlich-ovales Wiesenstück, an der breitesten Stelle maß es vielleicht zwanzig Schritte, und ringsum, abgesehen von dem kleinen Zugang, den Kar entdeckt hatte, durch hohe Laubbäume und dichtes Unterholz von der Außenwelt abgeschnitten. Die Wiese pulsierte in ihrem außerordentlich dunklen Grün geradezu vor Leben und nährte aus ihrer Üppigkeit eine Vielzahl von ersten Frühlingsblumen. Die Frühlingssonne selbst überschüttete diese kleine, in sich

52

geschlossene Welt mit ihrem goldenen Glanz, der von den vielen braun-gelben Blättern, derer sich die Bäume während des Winters offenbar nicht entledigt hatten, zurückgeworfen wurde. Übermannt von dieser Schönheit beschloss Kar, auf einem niedrigen, einladenden Baumstumpf am Rande der Lichtung Platz zu nehmen. Nachdem er sich gesetzt hatte, verschmolz Kar sogleich mit der Umgebung und begann, von ihrer Schönheit dazu angehalten, seine letzt-nächtlichen Gedanken fortzuführen, erneut sein bisheriges Leben zurückzusehnen. Beim Gedanken an die Seligkeit des Alltags, dessen moderater Ablauf ohne allzu große Aufregung verwirklicht wurde, und dessen größtes Glück darin bestand, von Kleinigkeiten, die man sich selbst und vor allem nahestehenden, geliebten Menschen erwies, versüßt werden zu können, stiegen Kar Tränen in die Augen. Etwas schien jedoch anders zu sein, als in der letzten Nacht. Friedrichs Drang an seiner Freilassung zu arbeiten war verschwunden; und folgerichtig schloss er selbst daraus die einzige mögliche Erklärung: *Er war bereits frei.*

Der Vogelgesang, der ungeordnet über seinen Kopf hinwegklang, bestätigte Kar in seinem Vorhaben, am nächsten Tag nach Hause zu gehen.

6. Die Morgentoilette eines seiner Mitbewohner störte Kars leichten Schlaf. Trotz der Müdigkeit, die ihm, nach minutenlangem Kampf dennoch unterlegen, schließlich gestattete, seine Lider zu heben, und der Gewissheit,

augenblicklich für mehrere Stunden wieder einschlafen zu können, bedurfte es keiner allzu großen Selbstüberwindung Kars, sich für das anfänglich mühsame Wachen zu entscheiden, da die Vorfreude auf seine bevorstehende Entlassung das Übrige tat. Nachdem er sich unter Anstrengung im Bett aufgerichtet hatte, versuchte Friedrich Johanns Blick zu treffen, da dieser mit derselben Mühsal zu kämpfen schien.

Das verschmitzte Lächeln, welches Kar, gleich einem solchen, wie es von Schuljungen mit der Freude, der Strafe für einen verübten Schabernack entgangen zu sein, ausgetauscht wurde, augenblicklich entgegenstrahlte, erwiderte er sofort auf die gleiche Weise, während er sich in Gedanken über die letzte Nacht ergötzte. Gemeinsam mit Rosa waren sie, er und Johann, bis in die frühen Morgenstunden im Raucherzimmer gesessen und haben über Gott und die Welt geplaudert. Während er seine Beine von der Bettkante baumeln ließ, wurde Kar erstmals die Seltsamkeit bewusst, die dem Gespräch dreier flüchtig Bekannter – nein, eher dreier Fremder innewohnte, welches von allen Teilnehmern mit größtem Interesse und begeisterter Leidenschaft über viele Stunden hinweg geführt worden war, ohne dass irgendwer das Bedürfnis verspürte, die Unterhaltung zu beenden, oder gar sich ins Bett zu begeben.

Kar lächelte.

Nach kurzem Verweilen stieß er ein heiteres „Guten Morgen!" hervor. Als dieser morgendliche Gruß von seinen Mitpatienten in einem seltsam einstudiert anmutenden Kanon, in welchen sogar der Langhaarige, der wie ein Edelstein hieß, eingestimmt hatte, erwidert worden war, stieß sich Friedrich vom Bett empor, sprang in seine über dem unteren Bettende hängenden Hosen und eilte zur Tür. „Gehst du jetzt schon?", fragte Johann bestürzt. „Nur rauchen", antwortete Kar, während er das zuvor aufgenommene Päckchen als Beweis seiner Intention in Johanns Richtung streckte. Dieser ließ sich daraufhin erleichtert ins Bett zurückfallen und Kar verließ den Raum.

Nach etwa der Hälfte des Weges zum Raucherzimmer befiel ihn Verwunderung über das seltsame Ereignis und je mehr er sich bemühte, auch nur den kleinsten Hinweis darauf in seinen gestrigen Worten zu finden, schien es Kar immer unbezweifelbarer, dass er niemandem gegenüber seine heutige Heimreise erwähnt hatte. Johanns Frage ließ keine Missinterpretation zu; aber wie sollte er davon erfahren haben? – „Es ist hier wohl nicht möglich, etwas zu verbergen.", dachte Friedrich und trat, mit den Schultern gleichgültig zuckend, durch die Tür, die er mittlerweile erreicht hatte.

Der Raucherraum war leer. Abgesehen von Rosa, der ihr Fernbleiben zugunsten der Erholung von den jüngsten Strapazen nicht verdacht werden konnte, waren die meisten der anderen üblichen Besucher vermutlich gerade mit dem Frühstück oder ihrer Morgentoilette beschäftigt. Kar genoss die Ruhe. Am Fenster stehend trübte er immer wieder die Sicht auf die grün-braunen Wipfel des Waldes, deren höchste bereits vom goldenen Schein der Morgensonne umhüllt waren, mit Schwallen weißen Nebels, die er in kurzen Abständen gegen die Fensterscheibe branden ließ. Mit der Gewissheit, den richtigen

Tag für seine Heimreise gewählt zu haben, kehrte er nach nur einer Zigarette in das Krankenzimmer zurück.

Nachdem er dort seine Habseligkeiten eingesammelt hatte, blickte er in den erwartungsvollen Mienen der Zimmergenossen umher, ehe er ihnen ein sanftes „Lebt wohl." entgegenhauchte, das gänzlich frei war von jedem Klang der Betrübtheit über den bevorstehenden Abschied. Der langhaarige Leser versuchte Kars Blick zu treffen, um sich anschließend mit einem demonstrativ langsamen Lidschlag von der flüchtigen Bekanntschaft zu verabschieden. Der große, kräftige Mann hob die Handfläche der, über den Bauch gelegten, linken Hand, ohne diese Geste mit irgendwelcher Mimik zu unterstreichen. Johann sprang schließlich von seinem Bett auf, packte, den Tränen nahe, Friedrichs Hand, schüttelte sie so fest er konnte und fügte leidvoll hinzu: „Mach's gut." Kar nickte, wandte sich um und verließ das Zimmer, diesmal endgültig.

Während er nun den langen Gang der Station bis zu ihrer durchsichtigen Pforte hinaufschritt, befand er es nicht für notwendig, sich von irgendeinem der Streifer zu verabschieden. Die Überlegenheit, die er bei diesem, seinem letzten Gang durch das Krankenhaus gegenüber dem Personal verspürte, war derart enorm, dass sie sich als euphorisches Kribbeln in Kars Brustkorb manifestierte und seine Mundwinkel unwillkürlich zucken ließ. Während Kar durch die große Eingangstür des Gebäudes trat, spürte er, wie ihn der neidvolle Blick des Pförtners im Nacken traf.

An den Strahlen der Sonne, die ihm, den sie nun gänzlich umsponnen hatten, mit ihrem gleißenden Schein kurzzeitig die Sicht raubten, erkannte er, dass es ein sehr heißer Tag werden würde. Nachdem er sich eine Zigarette angezündet hatte, schlenderte er – vermutlich vom Gedanken an die nahende Hitze – in einen leichten Schwindel versetzt, über den Parkplatz.

An dessen anderem Ende bemerkte Kar aus einiger Entfernung drei Frauen, die sich lautstark unterhielten. Unter ihnen erspähte er ein ihm nur allzu gut bekanntes Gesicht, dessen genaue Zuordnung ihm anfänglich, aufgrund der ungewohnten Verbindung mit grau-bunt gemusterter Alltagskleidung, misslang. Wenige Schritte bevor er die Damen passierte, glückte Kar jedoch die Identifikation der bekannten Frau.

Nun vom Bestreben nach einem gebührenden Abschied getrieben, machte er bei der Gruppe halt und sprach die Frau mit einem breiten, herzlichen Lächeln an: „Auf Wiedersehen."– Die Ratlosigkeit der beiden anderen Damen wirkte mehr als gefasst im Vergleich zu der völligen Verblüffung der von Kar angesprochenen Frau. „Wer sind Sie?!", fragte die Frau entgeistert. Verständig und freundlich nickend setzte er seinen Weg über die schmale Straße, die sich den Hang zur Hauptstraße hinunterschlängelte, fort.

Es war, als wäre Friedrich Kar aus einem langen Traum erwacht.

Der Folterknecht

Zischen. Gequälte Schreie. In dünnen Rauchschwaden steigt der Geruch von verbranntem Fleisch empor und vermischt sich mit dem modrigen Gestank getrockneten Blutes. Unter schweren Atemzügen hebt und senkt sich der Brustkorb des Gefangenen, der die gestreckten Gliedmaßen lose zu verbinden scheint.

„Sagst du es?", fragt der Exekutor. – „Nein.", presst der Gefangene unter Anstrengung hervor.

Ein leichtes Kopfnicken des Exekutors genügt, dass der Folterknecht weiß, was zu tun ist. Er nimmt das glühende Eisen aus dem Feuer und lässt es sich ein wenig rechts vom Bauchnabel in die Eingeweide des Gefangenen fressen. Ohrenbetäubendes Geschrei erschüttert die dicken Steinmauern.

„Wie ekelhaft der menschliche Körper doch stinkt!", stellt der Exekutor fest, während er ein parfümiertes Tüchlein aus der Tasche zieht, um damit seine Nase zu bedecken. Der Folterknecht nickt. Als das Eisen mit einer leichten Drehung, umspült von dunklem, sauerstoffarmem Blut und verschiedenen Säften der inneren Organe, aus der erzwungenen Öffnung gerissen wird, kreischt der Gefangene heiser auf und verliert fast das Bewusstsein. Man gibt ihm Zeit, sich zu fangen.

„Sagst du es?", fragt der Exekutor wieder. – „Nein.", keucht der Gefangene. Der Exekutor deutet auf die schwere Eisenzange. Der Folterknecht trocknet seine Hände an der blutverschmierten Schürze um seinen Bauch, greift nach der Zange und setzt sie präzise an. Mit einem Ruck fällt der linke Ringfinger des Gefangenen zuckend zu Boden und der Mann entgleitet.

„Sagst du es endlich?" Von diesen Worten zu Bewusstsein gerufen, blickt der Gefangene in das halb-verhüllte Gesicht des Exekutors. Das Tüchlein über Nase und Mund flattert ein wenig, wie von einer sanften Brise bewegt. „Nein.", erwidert der Gefangene. Vom Parfümgeruch ist ihm ganz übel.

„Sag es!" – „Nein!" Der Exekutor umwickelt seine Rechte mit dem Tüchlein und bricht dem Gefangenen mit einem kräftigen Schlag das Jochbein. Die Faust erbebt unter dem Rückstoß, sodass das blutbesprengte Tüchlein zu Boden fällt. „Weitermachen.", sagt der Exekutor und verlässt den Raum.

Ein Wechselspiel von Zischen und Geschrei. Der Folterknecht mustert immer wieder das schmerzverzerrte Gesicht ohne ein Wort zu verlieren. Ein weiterer Finger fliegt durch die Luft und landet nahe dem ersten.

Zischen. – „Ich werde es nicht sagen!", brüllt der Gefangene. Behutsam öffnet der Folterknecht daraufhin die Oberschenkel mit einem stumpfen, schartigen Messer, ehe er die so geschaffenen Wunden mit irgendeiner klaren Flüssigkeit übergießt. Unvergleichliches Geschrei.

„Ich werde es nicht sagen! Ich *kann* es nicht sagen! *Du weißt, dass ich es nicht sagen werde!* Warum hörst du nicht auf?!" – Der Folterknecht fasst nach dem Eisen. – „Bitte, hör doch auf!" – Er holt aus, um die Arme des Gefangenen zu durchstoßen. – „Nein, bitte! Ich werde es nicht sagen! Also hör' bitte auf!" Der Gefangene bricht in Tränen aus und der Folterknecht zögert.

„Gern, allzu gern nur magst du mit deinem Geschrei meine Ohren betäuben, gern meine Augen mit deinem entstellten Leib misshandeln, gern auch mir mit deinem Gestank durch die Nase in den Magen kriechen. Das alles magst du – das alles sollst du gerne tun; das ist schließlich Recht. Aber, ich schwöre, wenn du meinen Geist erweichst, ihn bewegst, oder nur irgendwie berührst, dann – ja, dann soll Gott dich für dieses unverzeihliche Verbrechen gnadenlos strafen!", schreit er und schlägt dem Gefangenen mit dem glühenden Eisen ins Gesicht.

Der Schmied

Es war kurz nach Mittag und die Sonne brannte erbarmungslos auf die trockene Erde. Aus dem runden Schornstein der kleinen Hütte des Schmieds stieg der dunkle Rauch alten, modrigen Holzes, welches sich mit aller Kraft gegen die Bemühungen des Schmieds zu wehren schien, der versuchte damit ein Feuer zu entfachen. So mühsam dieses Unterfangen auch war, dem Schmied bot sich, da ihm selbst dieses Holz nur in geringen Mengen zur Verfügung stand, keine andere Möglichkeit, als es auf diesem Wege weiter zu versuchen. Umso freudiger zuckte sein Gesicht, als er endlich die wachsenden Flammen den alten Brennstoff verzehren sah.

Der Schmied warf seine letzten Kohlen in den Ofen, verteilte sie und achtete auf die Gleichmäßigkeit von Hitze und Glut. Als diese den Aufenthalt in der Hütte beinahe unerträglich gemacht hatten, hob er das schwere Eisen ins Feuer und wachte darüber, bis es schließlich zu glühen begann.

Vorsichtig schwang er das Metall auf den Amboss, griff nach dem großen Schmiedehammer und hieb darauf ein, um es nach seinen Vorstellungen zu formen. Mit jedem Schlag erfüllten gleißende Funken die Hütte, während der junge Körper des Schmieds, der selbst härter schien als das bearbeitete Metall, unter den Erschütterungen des Aufpralls bebte. Allmählich begann das Eisen an Formbarkeit zu verlieren, weshalb der Schmied es erneut ins Feuer legte.

In gespannter Erwartung, wieder den Hammer schwingen zu können, betrachtete er, halb über den Ofen gebeugt, sein Werkstück in der Glut. Etwas Schweiß tropfte von seiner Stirn auf die glühenden Kohlen, wo er schlagartig verdampfte. Das Feuer, die Anstrengung des Schmieds fälschlicherweise als Schwäche deutend, versuchte diesen Augenblick zu nutzen, um sich des verhassten Herren zu entledigen, indem es mit schmalen, züngelnden Flammen nach seinem Gesicht schlug. Der Schmied wich nicht vor den Flammen zurück, und als diese das erkannten, gaben sie auf. Er holte das glühende Eisen wieder zurück auf den Amboss und bearbeitete es weiter.

Nach unzähligen Hammerschlägen fühlte er das Material endlich bestmöglich geformt, erhitzte es noch ein letztes Mal kurz im Feuer und löschte es danach mit Öl.

Er betrachtete seine Arbeit: Das Stück war makellos und schimmerte in einem Glanz, dem vergleichbar er noch keinen gesehen hatte. Sein von Ruß schwarzes Gesicht spiegelte sich darin, mit dem zufriedenen Ausdruck beendeter Arbeit. Sein Werk war vollendet – er war vollkommen.

Und der Schmied verlor sich im hellen Glanz des Werkstücks. Das Feuer, die Unachtsamkeit des Meisters ausnutzend, erhob sich sogleich erneut und fraß ihn mit einem Mal. Das Eisen, welches er bis zuletzt fest und liebevoll in Händen gehalten hatte, fiel nun ohne Halt zu Boden und barst dort, durch die vielen Schläge des Erschaffers spröde geworden, entzwei. Sofort verblasste auch sein wundersamer Glanz zu fahlem Grau.

Der Selbstversorger

Einst lebte ein Mann, unsichtbar für seine Mitmenschen. Seinen Namen kannte nur er selbst. Er tat, was von ihm verlangt wurde und was notwendig war, jedoch mit großem Widerwillen. Besonders das Essen fiel ihm schwer. Er verabscheute nämlich die Menschen und um nichts weniger verabscheute er auch all ihre Werke und all das, was sie der Natur mit ihren gierigen, diebischen Klauen, während deren Verstümmelung, entrissen.

Er lebte lange mit sich im Unglück über die Welt und ihre Auswüchse, bis er schließlich beschloss, sich selbst zu versorgen. Das fiel ihm freilich leicht, zumal auch er selbst ein Mensch war.

Mit einer improvisierten Pflugschar schlug er leichthändig eine tiefe Furche. Zu seinem Entzücken war die Natur ihm anscheinend wohlgesonnen und ließ ihm ihre Essenz schaumig entgegensprudeln. Bei diesem Anblick musste er unkontrolliert lachen. Schnell grenzte er die Furche mit straffgezogenen Riemen aus hartem Leder ein, damit die Frucht ungestört wachsen könne; und sie wuchs.

Mit jedem Tag quoll sie mehr an und wucherte bald über den Rand der Furche, bald über die eingrenzenden Riemen hinaus – ein köstlicher Anblick! Zum ersten Mal in seinem Leben verspürte der Mann Appetit.

Er beschloss schließlich, die Ernte nicht länger aufzuschieben; es war ein ekstatischer Moment. Allein schon der Gedanke an die Zubereitung schien ihm wie ein unnötiger Aufschub. Er labte sich an der Frucht; und mag die Speise auch verdorben, zäh und allzu bitter gewesen sein, niemals hatte er in seinem Leben etwas so genossen, wie jeden einzelnen dieser Bissen. Was ihm aber von allem am wunderbarsten schien und sein Glück gänzlich vervollständigte, noch während er aß, sprudelte reichlich Nektar aus der neuen Blüte.

So hatte er es endlich geschafft, einen Ausweg aus seinem Elend zu finden.

Deus ex Machina

Langsam wankte Paul an der Seite seiner Frau über den gepflegten Kiesweg. Er trug seine von Bestürzung gezeichnete Miene tief gesenkt, sodass er lediglich seine Beine und bei Zeiten für einen Augenblick die sanft zum Schritt schwingende, linke Hand seiner Frau im Blick hatte, die er mit seiner Rechten fest umklammert hielt. Als er sich auf die Lippen biss, um sich von den schmerzhaften Gedanken abzulenken, ließ ihn die Vorahnung, dem Ziel nahe zu sein, seinen Kopf heben.

In der schwindenden Entfernung von nun vielleicht noch zwanzig Metern, stand Josef, Pauls jüngerer Bruder, die Hände andächtig in den Hosentaschen versteckt, schweigend vor einem Haufen aufgewühlter Erde und dem darin versenkten Stein. Es waren inzwischen mehr als fünf Jahre vergangen, seit sie einander das letzte Mal gesehen hatten. Diese Entfremdung, besann sich Paul, war jedoch keineswegs durch irgendwelche hindernden Umstände begründet – im Gegenteil: Josef lebte nur etwa zehn Gehminuten von Pauls Familie entfernt.

Schweigend nickten die Brüder als Ausdruck des wechselseitigen Beileids, als sie einander mit einem kurzen Handschlag begrüßten. Zugleich wandten sie sich zur Seite – die präzise Abstimmung mutete fast einstudiert an – und ließen die kummervollen Augen auf den kalten, leblosen Boden sinken, der den alten Vater verschluckt hatte. Paul versuchte sich zu erinnern, wann er den Vater zuletzt gesehen hatte;

gehört, da war er sich sicher, hatte er zum letzten Mal von ihm während eines Telefonats mit Josef, als sie gemeinsam beschlossen hatten, den Vater in ein Pflegeheim zu bringen; seitdem hatte er nie mehr an ihn gedacht. Dasselbe Telefonat, vor knapp fünf Jahren, war bis zum heutigen Tag auch der letzte Kontakt zu Josef gewesen. Beim Versuch, dieses Telefongespräch im Geiste zu rekonstruieren, stellte Paul fest, dass er keine Vorstellung mehr von dem Klang der Stimme seines Bruders hatte.

Nach einigen Minuten des Überlegens und der stillen Trauer siegte schließlich die Neugier, sodass Paul den Bruder ansprach: „Kommst du –", er stockte in seiner Frage, als ihn die dunkelbraunen – ja, fast schwarzen Augen des Gegenübers fixierten, „Kommst du noch mit zu uns auf einen Kaffee?"

Ein teilnahmsloser Glanz durchzuckte blitzschnell Josefs Miene. „Gern."

Wenig verwundert erkannte Paul, dass ihm diese Stimme in der Tat derart wenig vertraut war, dass er sie, ohne das dazugehörige Gesicht, niemals als die seines Bruders hätte identifizieren können.

Nachdem die drei den Friedhof verlassen hatten, folgten sie dem an der Hauptstraße gelegenen Gehweg, der sie zu Pauls nahegelegenem Haus führen sollte. Man schritt schweigend nebeneinander her, da die bedrückte Stimmung es nicht gestattete das Wort zu erheben und niemand es wagte, sich diesem Verbot zu widersetzen. Zu ihrer Linken näherte sich, zuerst langsam, dann immer schneller, ein Gebäudekomplex, der mehrere Hochhäuser umfasste, bis er schließlich an ihnen vorüberzog und Paul, erneut von Neugier übermannt, das Gebot vergaß. „Lebst du immer noch hier?" – „Ja.", antwortete Josef. – „Noch immer allein?" – „Ja." Schweigend setzten sie den Weg fort.

Schwere Schuldgefühle begannen die Brüder zu quälen, als sie das Pflegeheim passierten, in welchem der Vater die letzten Jahre verbracht hatte, sodass keiner von ihnen das Gebäude oder den anderen offen anzusehen vermochte. „Warst du beim Begräbnis?", fragte Josef beiläufig. – „Nein", erwiderte Paul und fuhr nach einer kurzen Pause fort, „Wann war das Begräbnis?" – „Ich glaube gestern." Wieder schwieg man.

Ohne ein weiteres gewechseltes Wort, war kurze Zeit später Pauls Haus erreicht. Während man sich im Vorraum der Mäntel und Schuhe entledigte, kam ein kleines Mädchen aus einem der angrenzenden Zimmer gerannt und fiel der Mutter in den Arm. Um die Annahme, die in Josefs aus Höflichkeit fragendem Blick lag, zu bestätigen, sagte Paul: „Deine Nichte." Der Onkel lächelte das Mädchen einen Augenblick lang an, ehe er dessen Vater in das prunkvoll eingerichtete Wohnzimmer folgte. Auf die Einladung seines Bruders hin, ließ sich Josef in einen der weich gepolsterten Sessel sinken, die in der Mitte des Raumes einen niederen Glastisch umringten. Nachdem sich auch der Gastgeber gesetzt hatte, begann eine oberflächliche Plauderei, einige der unzähligen Bilder und der anderen diversen Dekorationsgegenstände betreffend, welche die hohen Wände des Zimmers schmückten. Die Konversation wurde jäh unterbrochen, als Pauls Frau den Kaffee servierte.

„Aja, meine Frau.", sagte Paul, noch ehe jene Platz genommen hatte. Josef erhob sich für den Handschlag halb aus seinem Sessel. „Gabi." – „Josef." Stille breitete sich aus.

Nach einem andächtig langsamen Schluck aus der Tasse brach Paul, zu seinem Bruder gewandt, das Schweigen: „Hat Vater eigentlich ein Testament aufgesetzt?" –

„Nicht dass ich wüsste.", entgegnete Josef und trank vom Kaffee.

„Das heißt, der gesamte Besitz geht an uns?" –

„Ja, ich denke schon."

Die Brüder grinsten einander an.

„Also", begann Paul zaghaft, „das ganze Barvermögen und das alte Haus, in dem wir in unserer Jugend gewohnt haben?"

„Und vergiss nicht den Waldbesitz auf den Bergen, den Vater seinerzeit geerbt hat.", fügte Josef hastig an. „Weißt du, auf wie viel sich das Barvermögen beläuft?"

Paul nickte und reichte dem Bruder das kleine, gefaltete Stück Papier, welches seine Frau mit den Getränken gebracht hatte. Josef studierte die Zahlen kurz mit prüfendem Blick, faltete den Zettel wieder und legte ihn auf den gläsernen Tisch.

„Also…", fuhr Paul fort, „wie wollen wir das jetzt aufteilen?"

„Wenn du willst, kannst du das Haus haben; dann nehme ich das Geld und den Wald."

„Der Wald und das Geld zusammen sind doch viel mehr wert als das alte, schäbige Haus!", rief Paul empört.

„Nein, nein, der Wert der beiden Teile ist in etwa gleich."

„Wenn Beides gleich viel wert ist, dann nimm *du* doch das Haus."

„Nein, sicher nicht!"

„Ach, wieso denn nicht?", fragte Paul hämisch grinsend, erquickt über den durchschauten Täuschungsversuch.

„Ich will das Haus einfach nicht! Ich nehme den Wald und das Geld!"

„Weil es mehr wert ist..."

„Und wenn schon!"

„Aha, also gibst du es zu!", spottete Paul herablassend.

Josef schwieg, gekränkt auf die gläserne Tischplatte starrend.

Mit dem Gefühl eine Grenze überschritten zu haben, versuchte Paul nun, den Bruder mit rationalen Argumenten zu versöhnen.

„Du könntest dann aus deiner Wohnung ausziehen und hättest ein eigenes Haus mit Garten."

„Wozu brauch' ich allein ein Haus? Ich mag meine Wohnung! Und außerdem übersteigen die Erhaltungskosten des Hauses meine derzeitige Miete. Ich hätte also nur Nachteile dadurch!" –

„Dann verkauf es eben." –

„Verkauf's doch selbst!", keifte Josef ungehalten.

„Du frecher–", Paul besann sich, „Schau, ich habe Frau und Kind", er deutete auf Gabi, „und du bist allein. Wenn es sich schon nicht zu gleichen Teilen aufteilen lässt, dann ist es doch nur gerecht wenn *wir* den etwas größeren Teil bekommen, oder?" –

„Nein.", sagte Josef bestimmt, während er den Bruder mit finsterem Blick fixierte, „du hast –"

„Was?!"

Josef verlor die Beherrschung. „Du hast dich nie um Vater gekümmert! Er war dir immer egal!"

Auch Paul geriet in Rage. „Wie kannst du es wagen?! Und das vor meiner Frau! Du bist noch immer derselbe kleine, egoistische Bengel!" –

„Hat Vater sie je kennengelernt?" Paul schwieg. „Und bilde dir bloß nichts auf die paar Jahre ein!", rief der Jüngere mit erhobenem Zeigefinger. „Und ich habe Recht: Schließlich warst du nicht einmal bei der Beerdigung!" –

„Du doch auch nicht!" –

„Warst du ihn jemals im Pflegeheim besuchen?!" –

„Nein. *Aber du doch auch nicht!*", schrie Paul und sprang aus seinem Sessel.

„Aber ich habe ihn wenigstens dorthin gebracht!", brüllte Josef, während auch er energisch hochfuhr. Als die Brüder einander nun gegenüberstanden, zischte er noch einmal durch die zusammengeknirschten Zähne: „*Ich* habe ihn hingebracht."

Just in dem Moment, als sich die Brüder mit der bevorstehenden Rauferei abgefunden hatten und bereit waren, auch ohne den entscheidenden Tropfen überzukochen, fiel Pauls Frau, die während der gesamten Unterhaltung schweigend zugesehen hatte, plötzlich auf die Knie, streckte beide Arme empor und begann unverständlich leise zu murmeln. Sofort erkannten die Brüder die Intention der Frau, weshalb sie die bereits gehobenen Fäuste wieder sinken ließen.

Nach wenigen Augenblicken erschien eine strahlende Gestalt; mehr Schein als Sein. Vom jugendlichen Antlitz klang die glockenhelle Stimme: „Alles soll verkauft und das Geld danach in zwei Hälften aufgeteilt werden."

Eine wahrlich grandiose Idee.

Alle waren glücklich.

Gesagt, getan.

Ende.

Die Heilige

Die große Turmuhr tönte gerade zwölf Uhr und in dem Betrieb, in welchem Friedrich Kar sein Brot verdiente, war bereits die Mittagspause ausgerufen worden. Kar pflegte diese freie Stunde für gewöhnlich im Café auf der gegenüberliegenden Straßenseite mit dem Lesen der Tageszeitung, oder der Plauderei mit manchmal anwesenden Kollegen, bei einer großen Tasse der hauseigenen Kaffee-Spezialmischung und, wenn es ihn überkam, einem kleinen Imbiss zu verbringen. Die unglaubliche Hitze dieses Sommertages veranlasste ihn jedoch, sich der stickigen Luft eines dumpfen Raumes entziehen zu wollen und trieb ihn auf die nahegelegene öffentliche Grünfläche. Dort hatte er sich auf einer verwitterten Bank im Schatten einer großen Eiche niedergelassen. Wie so oft, wenn Kars Gedanken keine Richtung gegeben wurde, wälzten sich, als würden sie nur auf einen solchen Augenblick warten, im eindringenden, blauen Zigarettendunst Bilder des Gottlieb-Krankenhauses in seinem Kopf.

Scheinbar ohne besonderen Grund drängte sich ihm diesmal gleich eine bestimmte Person auf: Die Heilige. Es handelte sich dabei um eine Angestellte des Krankenhauses. Von ihrem richtigen Namen wusste Kar nur, dass er mit einem K begann – vielleicht Kerstin oder Karin – jedoch schien ihm seine Bezeichnung viel treffender. Sie sah Kars Mutter zum Verwechseln ähnlich: Sie war für eine Frau recht groß und sehr schlank. Das für ihr Alter – Kar schätzte sie um die Fünfzig – jugendliche Gesicht wurde von einem hellen Leberfleck auf der rechten Wange eher geziert als entstellt. Schulterlange hellbraune Haare schufen, in geraden Linien herabfallend, einen Rahmen darum und gaben dem Kopf das Aussehen einer Kartoffelhälfte, die mit eingraviertem Gesicht auf die Schultern gepfropft war.

Kar hatte die Heilige während des Aufenthalts in seinem zweiten Krankenzimmer kennengelernt. Sie war eine jener Nachtbediensteten, die nach getaner Arbeit in sein Zimmer kamen, um sich mit ihm zu unterhalten. Auch während Kars Unterbringung auf der Patientenstation hielt sie ihn, wenn er diese auf abendlichen Streifzügen verließ, einige Male auf, um mit ihm ein Gespräch zu beginnen. Kein Zusammentreffen aber ließ Friedrich im Nachhinein solche Schauer über den Rücken jagen wie die erste Begegnung:

Es musste – ja, es war die zweite Nacht, die Kar in jenem Zimmer verbrachte, als sich kurz vor dem Einsetzen der Morgendämmerung plötzlich die Tür hinter dem am Tisch sitzenden Patienten in ihren Angeln drehte und ihn aus der konzentrierten Lektüre eines der zur Verfügung gestellten Bücher riss. Mit einem erschrockenen Blick sah Kar über seine rechte Schulter hinweg eine Frau.

„Darf ich Ihnen ein wenig Gesellschaft leisten?" – Kar nickte, während sie mit ihrer Rechtfertigung begann: „Meine Arbeit ist bereits erledigt und als ich auf den Kameras sah, dass Sie nicht im Bett sind, dachte ich mir, ich könnte Ihnen ein wenig Ihre schlaflose Zeit vertreiben."

Angestellte K. hatte es mit der deutlich betonten Überlegenheit ihrer ersten Worte geschafft, in Friedrich eine starke Antipathie auszulösen, die auch durch ein noch so angenehmes Gespräch nicht mehr gänzlich getilgt werden konnte. Nachdem sie am Tisch Platz genommen hatte, begann sie, von Kars misstrauischem Blick angeregt, zu sprechen: „Die Nachtstunden müssen hier doch sehr trist sein, wenn man nicht schlafen kann."

„Hier ist jede Stunde trist.", hielt Kar ihr entgegen.

„Ach Friedrich, wir wollen doch nur Ihr Bestes; das wissen Sie!" Er verzog keine Miene. „*Können*, oder *wollen* sie nicht schlafen?"

„Wer würde hier schon schlafen können?", fragte Friedrich mit einem gequälten Lächeln.

„Viele, und ich mit Sicherheit! Fühlen Sie sich hier etwa nicht gut aufgehoben? Sie wissen, wir wollen nur Ihr Bestes und sind um Ihre Genesung besorgt."

Kar erkannte die Zwecklosigkeit dieses Themas und blickte stumm auf den Aschenbecher, in dem eine Zigarette glühte. Er nahm sie und zog daran.

„Sie sollten wirklich nicht rauchen! Wissen Sie nicht, wie ungesund das ist?"

Kar sah sie skeptisch an.

„Wie viele Zigaretten rauchen Sie täglich, Friedrich?"

„Im Normalfall in etwa eine Schachtel am Tag; aber hier viel mehr."

„Sie sollten wirklich nicht rauchen, Friedrich!"

„Anmaßend", dachte Kar, es schien ihm das einzige treffende Wort zu sein.

„Darf ich fragen, was Sie da lesen?", fragte sie, Kars Schweigen als Zustimmung interpretierend.

Kar hob seine Hand vom Rücken des aufgeschlagen am Tisch liegenden Buches und deutete auf die, von einem umgekippten, nun schräg darin liegenden Buch ausgefüllte Lücke im ansonsten prall gefüllten Bücherregal.

„Und welches Buch ist es?", erkundigte sie sich weiter.

Kar prägte sich beim Zuklappen des Buches beiläufig die Seitenzahl ein, ehe er ihr den mit einem Portrait des Autors versehenen Buchdeckel hinstreckte.

Die Unbeholfenheit, mit der die Heilige nun begann den Aufdruck in gedehnten Silben laut vorzulesen, erinnerte stark an ein kleines Mädchen, das am Beginn des Lernprozesses seine ersten Worte las, und zeigte, dass ihr anscheinend weder Autor noch Titel bekannt waren: „Ödön von Horvath, Jugend ohne Gott." Nachdem sie diese Worte ausgesprochen hatte, schnappte sie für den Bruchteil eines Augenblicks nach Luft; Kar entging dieser Ausdruck tiefer Erschütterung, trotz ihres Versuches ihn zu verbergen, nicht. Nach vorne gelehnt, legte er beide Unterarme auf den Tisch und sah sie erwartungsvoll an.

„Ich kenne dieses Buch nicht.", gestand sie mit zitternder Stimme.

Wenig überrascht von diesem Geständnis, hoffte Kar mit einer kurzen Erklärung des Buches dem Gespräch eine tiefsinnigere Richtung geben zu können: „Das Buch stammt aus der Zeit der Weltkriege. Es wird in einer zeitgenössischen Kritik die Verrohung der Gesellschaft und insbesondere der Jugend durch die militärische Prägung dieser Zeit porträtiert."

Die großen runden Augen der Heiligen waren zu angestrengten Schlitzen verzerrt, die das am Tisch liegende Druckwerk verständnislos musterten.

Kar fühlte seine Botschaft auf unfruchtbaren Boden gefallen und fuhr fort: „Wirklich interessant wird es aber, wenn man in der Zeit noch weiter zurück blickt und sich beispielsweise mit antiker Literatur befasst. Schon Thukydides bezeugte, wie unvorteilhaft sich der Peloponnesische Krieg auf die Sitten der damaligen Athener auswirkte. Die Menschen waren schon immer schlecht. Ich meine, ist es nicht erstaunlich, dass der Mensch, dieses höchstentwickelte Wesen, auch nach Tausenden von Jahren nicht in der Lage ist, sich von seiner brutalen, animalischen Seite abzuwenden?"

„Ich verstehe und weiß genau, was Sie meinen.", entgegnete die Frau. „Der Krieg ist wirklich etwas Schreckliches."

Enttäuscht stellte Kar fest, dass sie nicht *„wusste, was er meinte"*.

„Der zweite Weltkrieg zum Beispiel", fuhr sie fort, „war sehr schrecklich. Und so etwas sollte man nicht versuchen, zu leugnen."

Zur Enttäuschung mischte sich Entrüstung; offenbar hatte sie nur die Worte „*Weltkrieg*" und „*schlecht*" verstanden und warf nun mit ziellosen Assoziationen um sich. Kar nickte mit dem Versuch, seine abschätzigen Gedanken zu verbergen.

Es wurde still und der Patient wurde von dem Wunsch nach einer Zigarette übermannt. Zaghaft ließ er seinen fragenden Blick zwischen der Zigarettenschachtel und der Heiligen hin- und herwandern. „Rauchen Sie nur.", sagte sie, die Erlaubnis mit einer Handbewegung unterstreichend. Durch den wohlschmeckenden Nebel sah Kar, wie die Heilige ihre am Buch haftenden Augen davon losriss und auf ihn richtete.

„Friedrich, darf ich fragen", sie machte eine kurze Pause, scheinbar auf seine Zustimmung wartend, „Haben – Haben Sie einen Glauben?"

Kar verschlug es die Sprache, nun ergab alles einen Sinn, die maßlose Selbstgerechtigkeit und die Ignoranz. Er wusste, was nun die notwendige Antwort war: „Ja, natürlich!", versicherte er, darum bemüht seine Glaubwürdigkeit mit einer vertrauensvollen Miene zu untermauern. Dabei spielte es keine Rolle, ob Kar an etwas glaubte.

„Welches Bekenntnis?", fragte die Heilige mit vor Hoffnung blitzenden Augen.

Diese Antwort fiel dem Patienten beinahe noch leichter als die vorherige, denn der Großteil der Bevölkerung in Kars Land hatte ein und dasselbe: „Römisch Katholisch.", sagte er selbstsicher. Dabei spielte es keine Rolle, woran Kar glaubte.

Die Heilige atmete erleichtert auf und lächelte ihr Gegenüber herzlich an. „Der Glaube spendet Hoffnung, wissen Sie? Egal wie schwer ihre Krankheit auch scheint, mit dem richtigen Glauben können Sie es überstehen."

„Ja, ich weiß.", sagte Kar.

„Und er bewahrt moralische Werte in unserer verkommenen Zeit."

„Ja."

„Wissen Sie, wenn ich meinen Glauben nicht hätte, könnte ich hier nicht arbeiten. Ich würde das viele Leid nicht ertragen."

Kar nickte.

„Und nun bin ich aber hier, um den Menschen zu helfen und um ihnen Hoffnung zu geben."

„Toll hilfst du!", dachte Kar empört. Noch wenige Minuten bevor sie in sein Zimmer gekommen war, hatte er sie durch die verschlossene Tür lauthals einen Patienten im Nebenzimmer anschreien gehört, weil dieser – so deutlich hatte Kar es mitbekommen – offenbar aus Tollpatschigkeit etwas – er hatte nur nicht genau verstanden, ob Wasser oder Wein – verschüttet hatte. Er nickte und versuchte seine Gedanken hinter einem Lächeln zu verbergen.

Die Heilige zog eine Zigarettenschachtel hervor und begann zu rauchen. „Wissen Sie, Friedrich, ich habe nur wegen dem Buch gefragt. Ich dachte schon…", sie brach mitten im Satz ab, aus Angst dieses unaussprechliche Grauen in Worte zu fassen.

Durch ein plötzliches Klopfzeichen an der Zimmertür wurde der Heiligen die bevorstehende Dienstübergabe signalisiert. Sie sprang auf und winkte Kar von der Tür aus zu: „Auf Wiedersehen, Friedrich, es hat mich sehr gefreut."

„Auf Wiedersehen."

Kar bedauerte auch jetzt noch, dass es während der folgenden Tage tatsächlich zu einigen erneuten Treffen mit der, seiner Mutter so ähnlich sehenden, Person gekommen war.

Er liebte seine Mutter, aber er hasste die Heilige.

Die Turmuhr schlug halb Eins und Friedrich Kar machte sich daran, an seinen Arbeitsplatz zurückzukehren.

Die Zuflucht

He, du, warte! Warte, ich glaube, ich kenn' dich! Ja, ich kenne dich! Ist schon etwas her, seit wir uns das letzte Mal gesehen haben. Aber weil ich dich kenne, weiß ich, dass du dich nicht verändert hast. – Wozu auch? Veränderung ist schließlich der Ursprung allen Übels. Sicher, was? Nein, sag jetzt nichts. Ich weiß, was du sagen willst: Dasselbe wie immer.

Wie gewohnt sitzt du in deiner Zuflucht und wartest. Aber das Warten an sich ist mühsam und langweilig, das weißt du nur zu gut.

Wie schön es doch wäre, die Wartezeit nutzen zu können! Aber das geht nicht. Einerseits liegt es doch im Sinn einer Wartezeit, sie nicht zu nutzen, sondern eben nur zu warten, und andererseits, selbst wenn es nicht so wäre, gibt es in einer sicheren Zuflucht nichts zu tun.

Wenn man die Zeit wenigstens zum Schlaf nutzen könnte, um sich ein wenig zu erholen! Aber auch das kannst du nicht, das weiß ich, ich kenne dich. Du kannst nicht schlafen. Wie solltest du auch müde werden?

Und weil das Warten einen wahnsinnig macht, lenkst du dich ab. Mit verschiedensten Nichtigkeiten, an deren Zuwendung *du selbst* außerhalb der Wartezeit keinen einzigen Gedanken verschwenden würdest. Das weißt du auch. Und um das zu vergessen, betäubst du dich, so gut es die Mittel deiner Zuflucht gestatten. So erträgst du das alles: *betäubt*.

Nun ist es aber so, dass du deine Zuflucht bei Zeiten verlassen musst, wie heute, wie jetzt gerade. Und obwohl ich dich kenne, kenne ich die Gründe dafür nicht; das will ich auch gar nicht! Aber ich weiß, was in dir vorgeht, wenn du wie heute die Zuflucht verlassen musst.

Anfangs bist du stets zuversichtlich, du hast die Zuflucht schließlich schon oft verlassen und das immer gut überstanden.

Dann, mit der Zeit, wenn du die frische Luft atmest, wenn du den Gründen deines Hervorkommens nachgehst, oder ihnen schon nachgekommen bist, dann beginnt es dich zu quälen. Es quält dich, weil du eingestehen musst, was du immer wieder erfolgreich verdrängst: und zwar, dass es eine Welt jenseits der Mauern deiner Zuflucht gibt. Und sobald du das erkannt hast, quält es dich noch mehr.

Du beginnst zu zweifeln, an der Zuflucht, am Warten, an dir selbst. Aber das willst du nicht wahrhaben, deshalb rennst du wieder dorthin zurück, wo du herkamst. Und die Geschehnisse der Welt, deine Gedanken, die frische Luft, *alles* lässt dir übel werden. Du möchtest kotzen, aber du kannst nicht, deshalb betäubst du dich.

Also, worauf wartest du denn noch? Lauf endlich wieder nach Hause!

Ein Schwank aus später Jugend

Heute ist mein großer Tag. Heute gehe ich die ersten eigenen Schritte. Meine Stützen sind zwar schon vor geraumer Zeit entfernt worden, doch heute ist der Tag, an dem ich das erkannte. Darum schwanke ich. – Wer schwankte schließlich nicht, wenn er wüsste, dass ihm die Stützen geraubt wurden? – Ich freue mich sehr, als ich das Gefühl habe, meine Tritte würden fester. Durch meine Freude unachtsam, gerate ich wieder ins Schwanken, drohe, zu stürzen und mir dadurch die Beine zu brechen. Ich schaffe es, mich aufzufangen und bin glücklich.

Doch, was? Vertraute Gesichter umsäumen mich, reichen mir Stützen oder gar ihre eigenen Hände zum Halt. „Lasst mich.", bitte ich, und sie weichen zurück, aber nur ein wenig, sodass ich ihren zur Hilfe ausgestreckten Händen beim geringsten erneuten Schwanken anheim fallen würde. „Lasst mich, bitte.", ersuche ich ein zweites Mal. – „Ja, warte, warte, wir werden dich stützen.", umtönt es mich im Kanon aus dem Kranz der lächelnden Gesichter, die erleuchtet sind durch den Abglanz von Mitgefühl und Mitleid für das kindlich schwankende Wesen, der sich auf ihnen abzeichnet. „So lasst mich doch!", sage ich nun etwas lauter. „Komm-", versucht mich das rundliche Gesicht zu meiner Linken zu trösten und fährt mir wohlwollend unter den Arm. Ich wehre es erfolgreich ab und, noch ehe die dadurch aufgescheuchten Helfer mir zu nahe kommen können, schreie ich: „Verschwindet!"

Sie weichen, diesmal endgültig, und bleiben erleichtert stehen. Ich gehe weiter mit sicherem Schritt, der es mir sogar erlaubt, noch einmal zurückzublicken. Die einstigen Helfer stehen in einem dichten Haufen; sie lassen mich gehen, lassen mich laufen. Aus ihren Mündern schallt *„Auf Wiedersehen"*, doch ein *„Leb wohl"* liegt in ihren Augen.

Zu sehr freue ich mich über die eigenen Beine und bedenke nicht, dass ich mein Ziel nicht kenne. Erst als ich allmählich ermüde, wird mir deutlich, dass ich ohne Stützen nicht weit kommen werde. – Leider zu spät.

Faules Obst

Thomas Winter wartete mit unzähligen anderen in der Schlange vor einem der Obstabgabestände. Trotz der Vielzahl von neu eröffneten Abgabeständen in der näheren Umgebung und einer nicht zu leugnenden, stetigen Fortbewegung schien die Schlange kein Ende zu nehmen. Thomas kam daher zu dem Schluss, dass die Anzahl der Infizierten in jüngster Zeit stark gestiegen sein musste.

Das war in Anbetracht der mittlerweile sehr liberalen Haltung der Politik gegenüber den Infizierten auch wenig verwunderlich. Anfangs, nachdem die Seuche einmal als solche erkannt worden war, galten sie noch als Aussätzige, wurden verabscheut und gemieden, wohingegen jetzt Infizierte und gesunde Menschen friedvoll Tür an Tür lebten. Es sprach auch nicht viel gegen ein derart friedliches Zusammenleben, da die Seuche weder ansteckend war, noch bedenkliche Auswirkungen auf die Infizierten selbst hatte. Körperliche Beeinträchtigungen oder Probleme, die laut Meinung der Skeptiker früher oder später auftreten mussten, waren nicht bewiesen. Die Gefahr der Seuche, sofern überhaupt eine davon ausging, beschränkte sich auf Veränderungen der menschlichen Psyche, doch auch diese waren in den meisten Fällen alles andere als gravierend. Die Mehrheit der Infizierten war berufstätig und führte abgesehen von der Nahrungsaufnahme ein völlig normales Leben.

Den Infizierten war nämlich geboten, sich ausschließlich von faulem Obst zu ernähren, welches an Ständen wie dem, an dem sich Winter eingereiht hatte, verteilt wurde, was sie aber allem Anschein nach nicht störte – ja, sie schienen überdies, gar nichts anderes mehr zu brauchen. Das unverdorbene Essen hingegen blieb der gesunden Bevölkerung vorbehalten.

Thomas Winter war nicht infiziert. Er hatte sich zu jenem Abgabestand begeben, um sich dort vom faulen Obst infizieren zu lassen. Denn die einzige Möglichkeit einer Infektion bestand im Verzehr der kranken Früchte. Warum Winter sich infizieren lassen wollte, war ihm selbst nicht gänzlich klar. Vielleicht tat er es, weil er es leid war, die köstlichsten Speisen, deren Geschmack ihm als einzigem bekannt waren, zu essen, vielleicht aus Neugierde, vielleicht aber auch lediglich, um irgendeine Leere zu füllen.

Nach einer Weile war Thomas endlich an dem kleinen Ausgabefenster an der Spitze der Schlange angekommen und erhielt eine Portion des faulen Obstes. Er trat aus der Reihe und blickte, vor Aufregung zitternd, in den Massen von Infizierten umher, die sich am Obst labten. Es widerte Winter an, doch erregte ihn zugleich, wie viele von ihnen nach den ersten paar Bissen darüber erbrachen und danach weiterfraßen, nur um erneut zu erbrechen und sich wieder vor dem Stand einzureihen. Genussvoll biss Thomas Winter in den faulen Apfel.

Fleiß

Ein Mann namens Michael V. schwebt im Schneegestöber durch eine leere, verwinkelte Gasse. Außer dem gefrorenen Knirschen unter den Sohlen seiner abgetragenen Schuhe, wird jedes Geräusch von der weißen Masse getilgt; nicht einmal seine eigenen Gedanken vermag V. in derartiger Stille zu vernehmen. Auch der Schnee selbst verstummt, als Michael vor einer sperrigen, klinkenlosen Tür stehen bleibt, in welcher, von der anderen Seite erleuchtet, matt-schimmernde, bunte Glasstückchen in verwittertes, braun-graues Holz gefasst sind. V. stößt die Tür mit dem Unterarm auf und tritt hindurch. Die warme, abgestandene, von verschiedenen unangenehmen, beißenden Gerüchen erfüllte Luft lässt den Eintretenden im Zwielicht der gedimmten Deckenbeleuchtung nach Atem ringen. Als er sich nach wenigen Augenblicken gefangen hat, beginnt er behutsam, seinen weiten Mantel durch leichtes Klopfen vom Schnee zu befreien. Nachdem er den Hut auf gleiche Weise von gefrorenem Wasser gesäubert hat, hängt er die beiden Kleidungsstücke an einen der Kleiderhaken zu seiner Rechten. V. reibt seine eiskalten Hände ein paar Mal schnell aneinander.

Nun ausreichend akklimatisiert, schlendert Michael gemächlich in Richtung der schmalen Theke, während er die begrüßenden Winke und vertrauten Zurufe einiger Anwesender auf dieselbe Weise erwidert. Mit dem linken Ellbogen auf der Theke und der rechten Handfläche auf einen Barhocker gestützt, hievt er sich selbst auf diesen. Auf ein kaum wahrnehmbares, geheimes Zeichen hin eilt der beleibte Wirt – seine freudig verzerrte Fratze würde beim Wiedersehen zweier lange verschollener Brüder weniger fehl am Platz sein – herbei und platziert ein recht sauberes Glas voll schaumgekrönten Bieres vor dem Gast.

V. leckt sich die spröden Lippen. Mit dem Gedanken daran, wie sehr jede einzelne gefrorene Flocke des stürmischen Niederschlags während des Weges seinen Körper ausgedörrt hat, und wie sehr ihm dieser Flüssigkeitsmangel auf Gemüt und Kondition geschlagen war, hebt er das Glas und inhaliert es – wie elend einem Menschen wohl sein muss, wenn er gezwungen ist, durch die Lunge zu trinken! – in zwei tiefen Zügen. Unter erleichtertem Seufzen lässt V. das Glas lautstark auf das Holz treffen. Dadurch genügend aufgefordert, reicht der Wirt sofort Nachschub. Gleich leert Michael auch das zweite Glas zur Hälfte, ehe der erste Durst endlich gebannt ist.

Schweigend kauert V. nun auf seinem Hocker und mustert konzentriert die klebrigen Klekse auf dem Tresen, scheinbar in der Absicht, irgendwelche Erkenntnisse davon abzulesen, während er den Rauch einer der in gewissenhafter Heimarbeit gefertigten Zigaretten gleich einem schnaubenden Stier aus der Nase stößt.

Unter der plötzlichen Berührung seiner rechten Schulter, wendet er sich nach derselben Seite, um dort seinen langjährigen Bekannten Thomas zu erblicken. „Hallo." – „Grüß' dich." Der Bekannte nimmt neben V. Platz. Es entspinnt sich ein langwieriges, von Bier und billigem Brandwein umspültes Gespräch, welches die beiden hinter einer schützenden Wand aus Tabakrauch ihrem Aufenthaltsort entschweben lässt.

„Hast du dein Projekt schon fertig?", erkundigt sich Thomas, während Michael durch diese unliebsame Frage zugleich beschämt und erzürnt seinen Blick abwendet. – „Nein, noch nicht." Das darauf folgende Schweigen ist V. dermaßen unangenehm, dass er sich gezwungen sieht, es so schnell wie möglich wieder zu brechen. „Noch nicht", wiederholt er, „aber bald." Die beiden lächeln einander an. Dieser Ausdruck der Freude manifestiert sich auf V.s Gesicht, da er seine Täuschung weiterhin aufrecht und nicht durchblickt fühlt.

Die Bekannten plaudern noch eine Weile, ehe Thomas sich mit der Floskel „Ich muss morgen früh raus" verabschiedet. Michael hingegen verweilt, bestellt, trinkt und bittet den fetten Wirt seine Schulden anzuschreiben. „Spätestens übermorgen ist mein Projekt fertig, dann habe ich wieder Geld.", versichert V. und begießt den schon mehrfach fest gefassten Entschluss, am nächsten Tag mit dem Projekt zu beginnen, mit einem großen Schluck Brandwein.

Hexameron/
Adam und der Floh

Ein Mann erwacht im Gras. Er richtet sich ein wenig auf und schützt seine Augen mit der Hand gegen das gleißende Licht. Ringsum erblickt er verschiedenste seltsame Wesen. Einige davon fressen, manche schlafen, andere scheinen sich zu paaren, wieder andere tollen mehr oder weniger zielgerichtet durch das bunt-durchwebte, satte Grün der Wiesen; es gibt sogar Wesen, die kreischend über seinen Kopf hinwegsausen. Beschäftigt sind sie alle, und niemand scheint Notiz von seinem Erwachen genommen zu haben.

Um den fremden Ort zu erkunden, stellt sich der Mann instinktiv, wenn auch etwas wackelig, auf die Beine. Es dauert nicht lange, bis er nach wenigen missglückten Versuchen den Gang lernt und beginnt, langsam und andächtig durch die immergrüne Flur zu streifen. Wann immer er dabei einem Wesen, während es seiner Beschäftigung nachgeht, nahe genug kommt, versucht er von diesem etwas über den schönen, fremden Ort zu erfahren.

Manche der Gefragten verstören die Fragen allzu sehr, sodass sie, ohne ihre Mäuler zur Antwort zu öffnen, erschrocken das Weite suchen. Die meisten der Wesen aber halten nach den Fragen kurz inne, blicken mit vorbereitend-langsamem Lidschlag zu dem Mann auf, wenden sich dann unter demonstrativem Schweigen ab und fressen, schlafen oder tollen ohne Veränderung weiter, um ihm damit zu signalisieren, dass er mit seinen Fragen fehl am Platz sei, dass es ohnehin, nicht nur abwegig, sondern auch völlig sinnlos sei, solche Fragen überhaupt zu stellen, und dass sie ihn aufgrund dieser Begebenheiten verachten.

Die Verachtung entmutigt ihn. Eine Zeit lang schlendert er schweigend weiter und erwägt bei sich im Stillen die stummen Einwände. Erfreut über seine Lautlosigkeit, lärmen ihm nun alle Wesen ringsum, auf die, einem jedem eigene, Art entgegen. Wirklich laut aber sind die meisten dabei nicht, da es ja nicht viel bedarf, einen Stummen zu übertönen.

Nahe einer Gruppe rosig-hautfarbiger, vierbeiniger Wesen, die sich in einer Schlammlache amüsieren, fasst der Mann wieder Mut und ebenso den Entschluss, sich erneut zu erkundigen. „Wo sind wir hier? Wer bin ich? Was soll ich hier?" – Abrupt stoppen die Wesen ihr Treiben und richten ihre kleinen, von beschränktem Sehvermögen zeugenden Augen auf den Fragenden. Die Zierlicheren bleiben unbewegt stehen, während die drei größten der Wesen kreischend auf den Mann zustürmen. Erst als er einige flinke Schritte zur Flucht setzt, lassen die Wesen von ihm ab und kehren zu ihrem Dreck zurück.

Nun gänzlich entmutigt setzt der Mann seinen Weg fort, ohne ein Ziel vor Augen zu haben. Er ist der Verzweiflung nahe, tut aber sein Bestes, seine Gefühle für sich zu behalten. Als er hinter sich ein kaum hörbares Geräusch vernimmt, beirrt ihn das nur wenig. Es wiederholt sich etliche Male ohne leiser zu

90

werden, ehe er sich daran stört und wild mit den Armen fuchtelt, um das – wie er meint – kleine, um ihn schwirrende Wesen zu vertreiben. Er will von all diesen Wesen nichts mehr wissen.

Da aber die gewünschte Wirkung ausbleibt – ja, das Geräusch ihm nun noch penetranter in die Ohren dringt, bleibt er stehen und blickt sich um – vergebens. Enttäuscht von seinen Augen, will er den Ohren eine Gelegenheit geben, sich zu beweisen; und tatsächlich, das Geräusch ändert seinen Klang und wird verständlich: „Warte!... Warte!... Adam!... Warte!" Verwirrt blickt der Mann sich erneut um.

Endlich sieht er in nicht allzu weiter Entfernung ein winziges Wesen, das mit großen Sprüngen in seine Richtung eilt. „Meinst du mich?", fragt er. „Ja!... Ja!", setzt das Geräusch wieder ein, „Bitte warte!" – Er wartet bis das kleine Wesen schließlich völlig außer Atem auf einem Grashalm zu seinen Füßen angelangt ist. „Was willst du von mir?" – „Mit dir reden.", keucht das Wesen. – „Niemand will mit mir reden!" – „Doch, ich schon, ich schon! Ich bin dir schon eine Weile nachgelaufen, aber du hast mich nicht bemerkt." Der Mann lächelt ein wenig verlegen und streckt dem neuen Bekannten die Rechte hin. Dieser versteht die Geste sofort und springt in hohem Bogen darauf. Um das Wesen nun ein wenig genauer betrachten zu können, führt der Mann die offene Handfläche näher an sein Gesicht. „Nun, lass uns reden."

Mit dem Gefühl, die bevorstehende Unterhaltung bedürfe dessen, hat sich der Mann wieder in Bewegung gesetzt und schreitet in entspannter Ruhe durch knöchelhohe Halme. Da das Wesen noch immer nach Luft ringt, ergreift er erst das Wort, als es den Zenit seiner Erschöpfung überschritten zu haben scheint. „Wer bist du?" – „Ich bin der Floh.", entgegnet das Wesen unter immer leichter werdenden Atemzügen. – „Und ich? Was du da vorher gerufen hast…" – „Ja", unterbricht ihn der Floh, „ja, das ist dein Name: *Adam*. Er soll dich an deine Herkunft erinnern." Eine Weile lang herrscht Stille.

„Und das alles hier", fährt Adam schließlich fort, „Was ist das alles? Wo sind wir hier?" – „Das hier ist das Paradies, ein Teil der Welt." – „Es gibt also noch mehr?" – „Ja, ja." Wieder schweigt man.

Um der Mittagshitze zu entkommen, suchen die beiden Zuflucht im Schatten eines – wie der Floh ihn beiläufig nannte – Feigenbaums. Während Adam sich an den Baumstamm gelehnt ins Gras sinken lässt, hüpft der Floh auf seine Schulter. Als er die bisherigen Offenbarungen verarbeitet hat, befällt den Mann neugierige Aufregung. „Weißt du auch, wie ich hierher gekommen bin?" – „Natürlich, Gott hat dich gestern geschaffen." Irritiert schüttelt Adam den Kopf. „Gestern? … Und wie bist du hierher gekommen?" – „Ja, gestern, aber du bist erst heute erwacht. Und Gott hat auch mich geschaffen, er hat alles geschaffen." Der Mann stutzt mit offenem Mund, während er sich überwältigt umsieht. – „Ich verstehe deine Verwunderung", versichert der Floh, „aber am wunderbarsten
92

finde ich, dass Gott das alles in den letzten sechs Tagen geschaffen hat." Adam findet keine Worte mehr.

Nach langem, ratlosem Schweigen fragt er schließlich: „Wie kommt es eigentlich, dass du mit mir sprichst und anscheinend der einzige bist, den meine Fragen interessieren – ja, überhaupt der einzige bist, der sie zu verstehen scheint?" – „Nun, ich bin eben klein genug, um die Größe der Schöpfung zu begreifen.", erklärt der Floh und Adam beginnt zu begreifen.

„Was hat Gott heute geschaffen?" – „Nichts" – „Weißt du, was er heute schaffen wird?" – „Gott wird heute nichts schaffen." – „Wie meinst du das?" – „Heute ruht Gott." – „Gott ruht?!", ruft Adam empört. – „Beruhige dich doch!", ersucht der Floh, „Er ruht, weil seine Schöpfung vollendet ist." Da er Adam aber in seiner Aufgebrachtheit nicht besänftigt und gleichsam seiner Erklärung unverständig sieht, versucht der Floh es dem Menschen zu erklären. „Als Gott schuf, arbeitete er sich vom elementarsten Teilchen zum Besten empor. Gestern hat er mit *dir* seine Schöpfung vollendet. *Du* bist die Krone dieser Schöpfung. *Du* bist ihm ähnlich und er hat *dich* geschaffen, damit *du* über diese Welt herrschst."

Ohne den Vorgang zu verstehen, vergießt Adam unter gewaltigem Schluchzen unzählige Tränen. Er lässt den Kopf an die Brust sinken, sodass sein Blick auf die im Schoß ruhenden Hände fällt. „Sind *das* meine Hände?", fragt er wimmernd. Als der Floh es bestätigt, springt Adam sogleich auf die Beine und beginnt, so gewaltsam es ihm möglich ist, mit den Innenseiten der Handgelenke gegen den harten Baumstamm zu hämmern. „Ich will *diese Hände* nicht!"

Im Kaffeehaus

Es war um die Mittagszeit. Der modern eingerichtete Hauptraum des Cafés, an dessen Seitenwänden entlang sich kleine rechteckige mit runden Tischchen abwechselten, war für diese Uhrzeit ungewöhnlich leer, und sicherlich waren auch die meisten der Separees nicht besetzt. Friedrich Kar saß an einem der runden Tische auf der linken Seite zum Eingang gewandt. Eine Zigarette im linken Mundwinkel, blätterte er in der vor ihm ausgebreiteten Tageszeitung und schüttelte bei jeder neuen Seite wieder den Kopf. „Tote hier, Unruhen dort, Korruption und Amoral überall!", dachte Kar, „Aber genau das wollen die Leute lesen; damit sie sich beruhigt etwas darauf einbilden können, wie gut es ihnen geht. Ich mag da zwar keine Ausnahme sein, aber wenigstens durchschaue ich das Spiel."
Kar blätterte weiter, bis er beim Lokalteil am Ende der Zeitung angekommen war. „Ah, die Kapelle, in der der Bürgermeister des kleinen Nachbarörtchens die dritte Trompete spielt, gibt übermorgen ein Konzert. – Das interessiert die Leute natürlich auch!", spottete Kar innerlich, während er abermals leicht den Kopf schüttelte. „Musik ist ja schön; trotzdem will ich nicht verstehen, was an der dritten Trompete so besonders ist, dass man mit ihr die meiste Werbung macht, nur weil sie Bürgermeister ist…" Kar schlug die Zeitung zu.
Erneut fielen seine Augen auf die von schrecklichen Bildern unterstützte Schlagzeile, die den Unruhen in einem fremden

Land gewidmet war. Dieses war zwar nahe genug gelegen, dass Kar sich unter dessen Namen etwas vorstellen konnte, jedoch zu weit entfernt, als dass er irgendeinen näheren Bezug dazu gehabt hätte. Dadurch angeregt entglitten Friedrichs Gedanken: Er fragte sich, ob es auch in seinem Land zu solchen Unruhen kommen könnte – eine absurde Vorstellung, die ihn aber durchaus ein wenig erregte. Er fragte sich, ob die in den Medien genannten Ursachen wohl die wirklichen wären, oder vielmehr, was die eigentlichen Auslöser dieser Unruhen, oder derartiger Unruhen im Allgemeinen, seien. Daraus drängte sich ihm die Frage auf, ob das menschliche Geschlecht an sich zu einem Leben in ständiger Unruhe, ständigem Streit und Leid verdammt sei – nicht gerade durch die Erbsünde oder Artverwandtes begründet, sondern vielmehr ihrem natürlichen Wesen nach.

Diese Gedanken schlugen ihm auf Gemüt und Magen. Kar warf den Kopf in den Nacken und drückte mit Daumen und Zeigefinger der rechten Hand fest auf beide Augen, während ihn ein aus seinen geblähten Nüstern ausgestoßener Rauchschwall umhüllte. Mit einem Mal verzog der Rauch, als ein leichter Hauch feucht-kühler Luft Kars Gesicht streifte. Die gläserne Eingangstür war aufgestoßen worden und durch ihre Öffnung traten drei Gestalten ein. Während sie sich näherten, erkannte Friedrich zwei Frauen, beide vermutlich in den späten Zwanzigern, und einen kleinen Jungen. Jene der beiden Frauen, die den Jungen an der Hand hielt, war äußerst mager und hatte ihre naturblonden Haare hinter dem ausgezehrten Gesicht, welches durch die daraus regelrecht hervorschreiende Erschöpfung ihrem vermeintlichen Alter gut zwanzig Jahre hinzuzufügen vermochte, zu einem schlampigen Pferdeschwanz gebunden.

Die andere Person war grässlich: Ihr deutliches Übergewicht zeichnete sich auf der viel zu engen Kleidung in zahllosen Falten ab, während ihre fetten, schwarzen, in Strähnen liegenden Haare auf den enormen Schultern unter jedem einzelnen Schritt erbebten und immer wieder Teile der mit Farbschichten verklebten Geschwülste verdeckten, die das Gesicht bilden sollten.

Die drei setzten sich an den Nebentisch, sodass Kar sie genau im Blick hatte. Obwohl ihn der Anblick dieser Menschen beinahe körperlich schmerzte, war er dennoch erfreut über ihre Ankunft und Platzwahl, da er in ihnen jene Möglichkeit zur Unterhaltung sah, die er nach dem Verdruss, den ihm die Tageszeitung bereitet hatte, dringend gebrauchen konnte. Kar fühlte sich in seiner Absicht bestätigt, als die Dicke gleich zwei Mehlspeisen zu ihrem Kaffee bestellte.

Man wollte mit dem wirklichen Gesprächsbeginn anscheinend warten, bis die Bestellung serviert wurde, und vertrieb sich daher die Zeit mit der Inspektion des Interieurs. „Hübsch haben sie's hier.", stellte die Blonde fest. „Ja", entgegnete die Dicke, während sie auf ihrem Stuhl hin und her rutschte, „aber die Sessel sind unbequem." Kar musste schmunzeln. „Mama?", sagte der Bub in fragendem Ton. „Was ist denn?", wandte sich ihm die Blonde zu. „Ich will Kuchen!" – „Kommt doch gleich."

– „Kuchen, Kuchen, Kuchen!", rief der Kleine einige Male und hämmerte dabei mit den Fäusten auf den Tisch. Kar musste sich abwenden, als die Mutter unter angestrengtem Seufzen ihre Finger an die Schläfen presste. Mit beinahe demselben Maß an Erleichterung beobachteten Kar und die Mutter die zum Tisch zurückkehrende Kellnerin.

Keine fünf Sekunden waren vergangen seit die Teller den Tisch berührt hatten, da hatte die Dicke schon zu fressen begonnen. „Fressen" war in der Tat die einzige treffende Bezeichnung – sie fraß wirklich wie ein Schwein. Auch der Junge hatte sich gleich daran gemacht, sein Kuchenstück zu vertilgen. Unterdessen zündete sich die Mutter eine Zigarette an.

„Also", schmatze das Schwein, „wie geht's dir?" Die Mutter stieß den Rauch aus und seufzte, ehe sie unter leichtem Kopfschütteln gestand: „Nicht sonderlich gut." – „Hermann?", erkundigte sich das Schwein, während es versuchte seine offenkundige Gleichgültigkeit für eine schon hundertfach erzählte Geschichte hinter gespieltem Interesse zu verstecken. „Ja", erklärt die Mutter, „er hat schon wieder keinen Unterhalt gezahlt, ich bin fast pleite. Und seine Mutter lässt mich nicht in Ruhe, ständig verbreitet sie irgendwelche Gerüchte über mich, die nicht stimmen." – „Ach, du Arme." – „Ich weiß wirklich nicht, womit ich das verdient hab'!", fuhr die Blonde mit zitternder Stimme fort, „ich hab' doch niemanden was getan!" – „Du bist einfach zu nett!", stellte die Dicke fest.

„Ein Schwein und ein Schaf, jetzt fehlt nur noch, dass –", Kar musste den Gedanken unterbrechen, um nicht laut loszulachen, und ertränkte sein Amüsement mit Kaffee.

„Ernsthaft", sagte das Schwein, „du musst dich wehren! Mir zum Beispiel ist auch was Ähnliches passiert, aber ich hab' zurückgeschlagen!" Die Mutter schwieg. – „Bei der Arbeit, da gab's eine, die mal eine blöde Bemerkung wegen meinem Gewicht gemacht hat. Das hab' ich natürlich nicht auf mir sitzen lassen!" Sie lachte und erklärte nach kurzem Verschnaufen: „Ich hab' dem Chef gesagt, dass seine ach-so-tolle Sekretärin – das war sie nämlich – schon öfters 'was mitgehen hat lassen. Die bekommt hier so schnell keinen Job mehr!" Wieder begann das Schwein zu lachen und steckte damit diesmal auch den Jungen an, der dabei den Tisch weitläufig mit Schokoladenkrümeln vollspuckte.

Auch Kar musste nun schmunzeln; war es entweder ebenfalls angesteckt vom Gelächter der groben Person, oder – Kar traf den Blick der Dicken. Sofort versuchte er sein Lauschen durch einen Wink zur Kellnerin, die gerade ein paar Schritte hinter dem Schwein einen Tisch abräumte, zu verstecken. „Bringen Sie mir bitte noch einen!", rief er ihr zu, während er auf die leere Tasse auf seinem Tisch deutete.

Die Dicke hatte unterdessen wieder zu sprechen begonnen. „Aber ernsthaft, nimm dir ein Beispiel, mach's so wie ich!" Daraufhin murmelte das blonde Schaf irgendetwas für Kar Unverständliches, was dieses Thema unter dem angestrengten Gelächter der Dicken und des Jungen anscheinend beilegte.

„Was gibt es bei dir Neues?", erkundigte sich die Mutter. „Ach, nicht viel.", antwortete das Schwein und fuhr nach einer kurzen Pause fort, „Vor zwei Wochen hab' ich so 'nen Typen kennengelernt." Die Blonde schwieg erwartungsvoll. „Letzten Mittwoch hat er mich dann ausgeführt, in ein ganz schickes Restaurant; sehr teuer, aber gutes Essen." – „Und wie war's?" – „Hab ich doch gesagt, schick und gutes Essen, aber teuer." – „Wirst du ihn wiederseh'n?" – „Ich glaub' schon." – „Das ist schön! Magst du ihn denn?" – „Bei Gott nein! Er ist widerlich! Der totale Versager!" Das Schwein lachte und die Mutter fragte etwas irritiert: „Warum willst du ihn dann wiedersehn?" – „Ach, ich seh's dir nach, weil du Probleme hast. Ich sag's nochmal: Schick und gutes Essen, und ich muss nicht bezahlen. Was willst du mehr?!" Wieder begann die Dicke zu lachen und steckte diesmal nicht nur den Jungen, sondern auch ihre Freundin damit an.

„Und bei dir? Gibt's bei dir was Neues?", fragte das Schwein. „Naja, eigentlich nicht, es ist alles wie immer." Das Schaf überlegte kurz unter allgemeiner Stille. „Doch, warte, etwas Tolles ist passiert!" – „Na, was denn? Erzähl schon!" – „Also in Paulis Schule" – damit musste der Junge gemeint sein, da sie sich ihm zuwandte – „führen sie ein Theater auf und Pauli hat eine Hauptrolle." – „Was denn für ein Theater?" – „Rotkäppchen." Das Schwein ließ seine kleinen Augen zwischen den beiden anderen hin und her wandern. „Und welche Rolle spielt er?" Die Mutter wiederholte die Frage, dem Knaben zugewandt, mit aufforderndem Tonfall: „Na, welche

100

Rolle spielst du?" – „Ich bin der Wolf!", rief der Junge voll Freude und fletschte knurrend die Zähne, sodass das Schwein vor Entzücken grunzte.

Als Kar das mitangesehen hatte, prustete er laut los. Er versuchte zwar sofort, sich wieder zu fangen, aber drei Augenpaare hatten sich schon auf ihn gerichtet. Er legte einen Geldschein auf den Tisch, winkte der Kellnerin zu und sprang auf, um das Gebäude schnellstmöglich zu verlassen. Als Friedrich jenen Tisch passierte, sagte das Schwein in demonstrativer Lautstärke: „Eine Frechheit sowas!" Widerwillen ließ Kar die Zügel schießen und brach in schallendes Gelächter aus.

Mit Sicherheit, so stellte er später fest, zählte diese Mittagspause zu den amüsantesten seiner gesamten Karriere.

Kennen Sie Harald Grün?

Es war kurz vor Mittag an jenem heiteren Frühlingssonntag. Die Sonne hatte sich, seit ihrem Erscheinen am Morgen über den majestätischen Bergen, nur wenige Male kurz hinter kleinen Wölkchen versteckt, um anschließend wieder mit voller Gewalt hervorzubrechen. Harald Grün stand am Fenster seines Arbeitszimmers und betrachtete die grünenden Bäume im Hof seines ansehnlichen, durch ehrliche, eigene Arbeit verdienten Hauses am Rande der Stadt. Die erblühende, lebhafte Natur, in ihrem Sieg über die klirrende Kälte und die verbitterte Grausamkeit des Winters, stimmte ihn überaus fröhlich. Sein Blick fiel schließlich auf den schmalen Ausschnitt des Gehweges, den die niederen Häuser jenseits des Hofes preisgaben, als er meinte, dort einen alten Freund flanierend erspäht zu haben. Grün stellte sich selbst die Frage, wie viel Zeit nun wohl schon vergangen sein mochte, seit der Kontakt zu diesem Freund, durch diverse dramatische Umstände beschleunigt, zum Erliegen gekommen war. Jenen nun, seit jeher unverändert, als „Freund" zu bezeichnen, schien Harald absurd. Selbst ihn einen „*entfernten* Bekannten" zu nennen widerstrebte Grün, da es in der Tat keinen Menschen gab, den er sich vorstellen konnte, dessen Schicksal ihm hätte gleichgültiger sein können als das dieses Mannes.

Gerade im Begriff, sich von dem Fenster abzuwenden, vernahm er die Stimme seiner Frau, die zum Mittagessen rief. Andächtig schritt er die verzierte Holztreppe ins Erdgeschoss hinab und betrat das Esszimmer, wo bereits seine Frau mitsamt ihrer gemeinsamen Kinder an dem großen Tisch saß. Während er sich an seinen Platz, am Kopfende des Tisches, mit seiner Frau zur Linken und seinem Sohn zur Rechten, setzte, wünschte er allen „Guten Appetit". Als dies von seiner Familie erwidert worden war, begannen sie – seine beiden Töchter, aufgrund ihres zarten Alters eher gierig als kultiviert – zu essen.

Familie Grün war es gewohnt, bei ihren gemeinsamen sonntäglichen Essen, im weiteren Sinne als Zeichen der Wertschätzung der Kochkünste von Haralds Frau, zu schweigen. Harald trank, nachdem er eine zweite, etwas kleinere Portion des Essens verspeist hatte, den letzten Schluck Pinot Noir aus, welchen er sich wie gewöhnlich bis nach Beendigung seiner Mahlzeit aufgespart hatte, um diese damit abzuschließen. Langsam erhob er sich von seinem Sessel und schlenderte, ohne sich umzuwenden oder ein Wort zu verlieren, die hölzernen Stufen zum Arbeitszimmer wieder empor. Dort stopfte er seine Pfeife mit feinstem amerikanischen Tabak, entzündete sie und ließ sich in seinen komfortablen Lehnstuhl sinken, von dem aus man durch das Hoffenster, über die Dächer der Stadt hinweg, einen uneingeschränkten Blick auf die malerische Kapelle am Hang des Berges genießen konnte. Bedächtig an der Pfeife ziehend, verlor er sich in Gedanken:

Harald Grün war gesegnet, wie er oft von sich selbst zu sagen pflegte. Seit etlichen Jahren schon war er der begehrteste Anwalt der gesamten Stadt; tatsächlich so begehrt, dass manche

Leute oft Wochen auf einen Termin in seiner Kanzlei zu warten bereit waren. Die gesamte Stadt kannte seinen Namen und scheute auch nicht davor, ihn stets in höchsten Tönen zu loben. Seine Gattin, eine wunderschöne, treue und kluge Frau, erwiderte jeden noch so geringen Aspekt seiner aufrichtigen Liebe hundertfach. Die Töchter, beide von der anmutigen Schönheit ihrer Mutter geziert, waren überaus talentiert. Sein größter Stolz jedoch war der Sohn, der, sobald sein Studium beendet sein würde, seine Kanzlei übernehmen und somit Haralds Nachfolger werden würde. Seine Familie wusste um Grüns kühle Art und deutete sie richtig als ein Zeichen höchsten Lobes und tiefster Dankbarkeit. Auch waren ihm viele Geschwister und Cousins gegeben, wobei jeder einzelne von diesen ein ehrlicher Mensch war. Des Weiteren fehlte es ihm weder an Geld noch an Freunden.

Der Tabak in der Pfeife war nun gänzlich verglüht und der Wein begann seine Wirkung zu entfalten. Vom einem letzten dankbaren Gedanken begleitet, lehnte sich Harald Grün zurück und versank in einem süßen, tiefen Schlummer.

Der Schlafende erwachte an einem unbekannten Ort. Er richtete sich auf und stellte fest, dass er sich in einer schmalen Gasse befand, die sich zwischen zwei grässlichen, gigantischen Gebäuden, die bis zum Himmel zu ragen schienen, hindurchzwängte. Es war ihm unmöglich zu erkennen, ob das Grau des Himmels durch unzählige, dicke Wolken entstand, oder ob die immensen Bauten jenen mit ihrer fahlen

104

Erscheinung infiziert hatten. Er wusste jedoch gewiss, dass er noch nie zuvor an diesem fremden, unwirtlichen Ort gewesen war. Abgesehen davon besaß er keinerlei Erinnerung sich oder die Welt betreffend, außer dem Namen *Harald Grün,* der in seinem Kopf schwirrend, seinen einzigen Anhaltspunkt darstellte. Er raffte sich auf und schaffte es gerade noch aus der schwindenden Öffnung der Gasse auf die Straße zu treten, ehe sie ganz verschwunden war.

Gewaltige Menschenmassen drängten ihn an den Rand des überfüllten Gehwegs, an die Wand eines der Gebäude, die zuvor die Gasse umschlossen hatten. Er sah die einzige Möglichkeit die Situation aufzuklären darin, einen Passanten zu befragen. Da die Wahl des zu Befragenden gut überlegt sein wollte, hielt er lange zögernd Ausschau, bis er einen jungen, auf seltsame Weise vertrauten Mann von gepflegter Erscheinung erblickte, den er schließlich anzureden beschloss. Der junge Mann strahlte eine angenehme Ruhe aus, obwohl er von einer unnatürlichen Geschäftigkeit getrieben schien.

Der Gestrandete wurde von dem Passanten erst bemerkt, als er diesem den Weg versperrte und zu sprechen begann: „Entschuldigen Sie! Wo befinden wir uns hier? Können Sie mir den Namen dieser Stadt verraten?" Die einzige Reaktion des jungen Mannes war ein angewiderter Blick, verbunden mit der Beschleunigung seines Schritts. Verblüfft über die schlechte Wahl seines Ansprechpartners rief der Verlassene jenem nach: „Kennen Sie Harald Grün?", worauf der Mann, nicht hören wollend, in der Menge verschwand. Verzweifelt packte der

Verirrte eine junge Frau, die in diesem Moment an ihm vorübereilte, am Arm. „Kennen Sie Harald Grün?" Der Frau gelang es sich loszureißen und sie lief, ihn keines Blickes würdigend, unbeirrt weiter.

Seine letzte Hoffnung legte er in eine alte Frau, die an der Gebäudefassade entlanghumpelte. „Kennen Sie Harald Grün?", fragte er vorsichtig. Die Alte sah ihn erschrocken an und schüttelte hastig den Kopf.

Der Verlorene lehnte sich erleichtert an die Wand und sah nach oben zu dem bedrohlichen, düsteren Gewölbe, das auf den hohen Gebäuden Halt fand.

Er hatte nun die Gewissheit, dass ein Mensch namens Harald Grün niemals existiert hatte.

Locus Amoenus

Andreas L. saß über einem offenen Buch an seinem Schreibtisch. Die kühle Herbstsonne, die diesen Sonntag vermutlich zu einem der letzten wärmeren dieses Jahres machen sollte, fiel ihm durch das Fenster zu seiner Linken in den Rücken. L. genoss die Wärme, da sie seine Lektüre gewissermaßen zu beflügeln schien, sodass es ihm ein Leichtes war, die Buchstaben und Worte aufzusaugen und in Windeseile im Geist zu ordnen.

L. hatte in seiner Jugend viele Fächer studiert, insbesondere jedoch Philosophie, welche sich nach gar nicht allzu langer Zeit intensiver Beschäftigung zu seiner „Lieblingswissenschaft" gemausert hatte. Nach Beendigung seines Studiums hatte es ihn jedoch letzten Endes in ein sehr profanes – wenn nicht sogar eines der profansten Gewerbe verschlagen: Das Bankwesen. Er hatte sich mittlerweile zum gefragten stellvertretenden Direktor der örtlichen Filiale einer namhaften Bankengesellschaft, mit all den dazugehörigen Verpflichtungen, emporgearbeitet, weshalb ihm die Wochenend-Lektüre als einzige Möglichkeit verblieb, sein nach wie vor leidenschaftliches Interesse an wissenschaftlicher Betätigung zu befriedigen.

Er saß gerade über einem Sammelband zu den britischen Empiristen, als sich ihm, während er über John Locke las, die Frage aufdrängte, welche Position denn Hume hinsichtlich der primären und sekundären Qualitäten von Dingen vertreten habe.

Er grübelte; es war über dreißig Jahre her, dass er zum letzten Mal über den Schotten gelesen hatte. L. lehnte sich zurück, warf die Hände in den Nacken und schloss die Augen. So sehr er sich jedoch auch bemühte, das einzige, was Andreas in Bezug auf Humes Lehren in den Sinn kam, war seine Ablehnung der Kausalität, welche L., wie er sich unter leichtem Amüsement erinnerte, schon in verschiedensten Gesprächen zu teils recht ungünstigen Zeitpunkten zur Sprache gebracht hatte.

Er öffnete die Augen wieder. Sein Blick fiel auf eine der gerahmten Fotographien, die am linken hinteren Eck seines Schreibtisches an der Wand hingen. Das Bild zeigte ihn und seine damalige Freundin Susanne in jungen Jahren vor einem satt-grünen Hintergrund. L. versuchte sich zu erinnern:

Das Bild war in einem ihrer ersten gemeinsamen Urlaube entstanden. Sie waren damals für mehrere Wochen durch Italien gereist und bei der Besichtigung antiker Ruinen vom markierten Pfad abgewichen. Der überwucherte Torbogen eines der verfallenen Häuser hatte sie mit nahezu magischer Faszination angezogen. Susanne hatte vorgeschlagen, sich durch das Dickicht zu kämpfen, um das Gebäude von innen zu besichtigen, und L. hatte sich nach anfänglichen Skrupeln schnell von der Idee begeistern lassen. Im Inneren des Hauses verbreiteten einzelne Sonnenstrahlen, die durch das naturgeschaffene Dach drangen, eine mystische Stimmung. Andreas und seine Freundin hatten einander geküsst und nach kurzer Turtelei hatten sie sich daran gemacht, die umliegenden Mauern genauer zu untersuchen. Es waren erst wenige

108

Augenblicke vergangen, als L. von Susanne durch ein stummes Zeichen auf einen zweiten Torbogen aufmerksam gemacht wurde, dessen Bewuchs von außen beleuchtet in hellem Grün strahlte. Ohne ein Wort zu verlieren waren sie hindurchgetreten. L. wurde von sprachloser Begeisterung umfangen; sprachlose Begeisterung, die ihm auch nach so vielen vergangenen Jahren beim bloßen Gedanken daran noch wohlige Schauer über den Rücken jagte und die feinen Härchen an Armen und Beinen sich dicht gedrängt erheben ließ. Es war ein Ort, wie ihn Andreas weder zuvor, noch in den darauffolgenden Jahren jemals gesehen hatte. Im Grunde handelte es sich um eine weitläufige Wiese, in Maßen und Form einem Fußballfeld ähnlich, die von diversen, in Blüte stehenden, mediterranen Blumen bunt gesprenkelt und ringsum von verfallenen, überwucherten Mauern und heckenartigen Sträuchern umgeben war. Am hinteren Ende der ansonsten freien Fläche war eine grünende Tamariske über unzählige Jahre hinweg zu enormer Höhe emporgeklommen, in deren Schatten eine umwachsene Quelle sprudelte, welche aber nach wenigen Metern wieder in einem kleinen Erdloch verschwand. Nachdem die beiden Eindringlinge die Umgebung mit vor Begeisterung offenstehenden Mündern für einige Minuten betrachtet hatten, wandten sie sich einander zu und benannten diesen verstecken Ort in einstimmigen Chor: „*Locus amoenus*".

Sie waren einige Stunden dort geblieben – viel zu kurz, denn ein ganzes Menschenleben wäre weit zu wenig gewesen, um die Schönheit dieses Ortes in ihrer Gesamtheit zu begreifen – waren

109

auf und ab gewandert, hatten im Schatten des Baumes gerastet, hatten vom erfrischenden Quellwasser getrunken, waren im kniehohen Gras gelegen und hatten sich dabei immer wieder geküsst. Um ihrem Aufenthalt ein gebührendes Ende zu setzen, hatten sie beschlossen, jenen Tag und jenen Ort mithilfe von Susannes Fotoapparat festzuhalten.

Niemals, so konnte L. nun rückblickend feststellen, hatte er sich dermaßen geborgen, glücklich und eins mit dem Leben selbst gefühlt, wie an jenem Ort mit jener Frau. Er dachte noch oft über Susanne und die Pläne, die sie damals gemeinsam geschmiedet hatten, nach. Ach, wie groß waren ihre Pläne gewesen; sie wollten das Leben genießen und durch die Verwirklichung ihrer individualistischen Träume niemals in einen monotonen Alltag verfallen. Vor allem aber wollten sie für immer zusammenbleiben, eine Familie gründen und ein eigenes Haus bauen, aber erst nachdem sie die ganze Welt bereist hätten: Asien, Australien, Amerika und die britischen Inseln. Der Wunsch zu reisen hatte Andreas nie losgelassen; ach, wie sehr sehnte er sich doch nach den britischen Inseln! Natürlich hätte er auch jetzt noch dorthin reisen können: Geld hätte er genug und die dazu notwendige Zeit könnte er sich schon irgendwie nehmen.

„Essen ist fertig!", rief es plötzlich außerhalb seines Arbeitszimmers und riss Andreas aus seinen Gedanken. „Ich komme, Susi!", erwiderte L. und seufzte zufrieden.

Nebelspaziergang

Es will Abend werden. Die herabsickernde Dämmerung, soweit sie sich durch den dickflüssigen Nebel erahnen lässt, mahnt mich, meinen Schritt zu beschleunigen, um den sonntäglichen Spaziergang schnellstmöglich zu beenden. Der Nebel, der ein Vorankommen allein durch seine Zähigkeit erschwert, zwänge gewiss einen jeden aufgrund des Verlustes seiner Augen zum Stillstand, oder zumindest in die Knie, um am Boden tastend den Weg zu suchen; aber nicht mich! Ich kenne den Weg, jeden Baum an seinem Rand, jeden Halm der angrenzenden Wiesen, jeden Kiesel unter meinen Füßen. Ich bin ihn schon unzählige Male gegangen, jeden Sonntag seit meiner Jugend. Da ich ihn nun so gut kenne, weiß ich aber, dass ich noch sehr weit von der wohligen Stubenwärme meines bescheidenen Hauses entfernt bin. Wenn ich ankomme, wird meine Frau am gedeckten Tisch auf mich warten; es besteht also kein Grund zur Eile.

Beruhigt schlendere ich weiter bis zur Weggabelung an der toten Eiche und biege dort nach links ab. In der Ferne höre ich das Plätschern des Baches, den es auf der jahrhundertealten Steinbrücke zu überqueren gilt. Als ich ihn hinter mir lasse, verstummt auch sein wässriges Gurgeln und Rauschen. Es ist still um mich.

Der Klang eines getretenen Kiesels lässt mich kurz in meinem Schritt stocken. Ich schiebe es auf meine Einbildung und schmunzle über den kindlichen Schreck. Erneut kracht ein Stein in meinem Rücken. „Keine Einbildung!", erkenne ich und beschleunige meinen Schritt. Rhythmisch beschleunigt auch das Krachen der Kiesel, jedoch sanft, wie von leichten Pfoten getreten. Ich gehe schneller. Auch in meinem Rücken tritt es nun häufiger. Ich will mich umwenden, doch mein Körper droht zu kippen, deshalb lasse ich es. „Dreh dich nicht um!", hallt es in meinem Kopf. „Wer ist da?", frage ich erschrocken. „Ich.", brummt es finster.

Ich bekomme es mit der Angst zu tun und beginne zu rennen. „Warum läufst du weg?", fragt es hinter mir, „Du wirst mich nicht los!" – „Was willst du von mir?!", rufe ich. „Ich habe alles, was ich will.", dringt es in mein Ohr, so nahe, dass ich den Atem des Verfolgers fühlen kann. Ich renne so schnell meine Beine es gestatten. „Wieso suchst du mich dann heim?", stoße ich hervor, so laut ich es unter der Anstrengung vermag.

Stille. Keine krachenden Kiesel und keine sanften Schritte mehr. Ich wage dennoch nicht langsamer zu werden. „Pass auf, dass du nicht fällst!", höre ich, und falle. Aber ich stehe auf und laufe weiter. „Wieso –", ich schnappe nach Luft, „Wieso ausgerechnet heute?! Wieso hier?!", schreie ich, als ich durch die weiße Wand einen Schimmer zu erkennen glaube, der aus der vertrauten Stube fällt. „Heute? Hier?", gespenstisches Gelächter, „*Ich bin immer da!*" Das Gelächter wandelt sich und ein wütend klingenden Schnauben wird immer lauter, sodass ich zum letzten Spurt ansetze.

Ich habe das Haus erreicht. Im Schein der Türlaterne schaffe ich es nun auch endlich, meinen entkräfteten Leib an die Haustür gelehnt, mich umzuwenden. Ein Hund steht vor mir, sodass ich ihn im künstlichen Licht gut sehen kann. „Wer bist du?", frage ich, nach Atem ringend. „Das weißt du genau.", antwortet der Hund.

Physik-Test

Heimlich hat die Nacht ihren dunklen Mantel ausgebreitet und damit auch die Wohnsiedlungen der Vorstadt umhüllend in eine sanfte Stille gebettet. Lediglich einzelne, in immer gleichen Abständen aufgestellte Straßenlaternen beleuchten Teile der von ihnen beidseitig flankierten Straße und einiger Häuserfassaden. Kühles künstliches Licht dringt aus einem der oberen Fenster eines ansonsten nicht erhellten Hauses nach draußen und verschmilzt mit dem der dort installierten Lichtquellen. Im Inneren bestrahlt es die schweißnassen Hände des Schülers, mit denen er, gebückt an dem für seine Körpergröße ein wenig zu niedrigen Schreibtisch sitzend, kaum den Stift nach seinen Vorstellungen über das Papier zu führen vermag.

Ein Physik-Test war für den folgenden Tag angekündigt worden. Der Schüler hatte die notwendigen Vorbereitungen nach gewohnter Art für den Vorabend der Fälligkeit aufgespart. Dies lag jedoch nicht in mangelndem Interesse an der Wissenschaft der Physik begründet, sondern vielmehr in der Gewissheit, die gestellten Anforderungen auch auf diese Weise genügend und ohnehin problemlos bewältigen zu können.

Mit festem Druck lässt der Schüler sein Schreibgerät mehrere Male im aufgeschlagenen Buch in rechteckiger Form kreisen. „Geschwindigkeit ist Weg durch Zeit.", murmelt er währenddessen immer wieder. Ein flüchtiger Blick auf die schlichte, plastikummantelte Schreibtisch-Uhr mahnt den Schüler zur Eile – es ist schon Halb Zwölf. Er seufzt, reibt sich mit Daumen und Zeigefinger der linken Hand die Müdigkeit aus den Augen, durchkämmt sein Haar mit derselben Hand und haucht schließlich ein weiteres Mal leise: „Geschwindigkeit ist Weg durch Zeit."

Noch ehe er seine Aufmerksamkeit auf den nächsten Absatz richten kann, schweift der Schüler ab, da er in Gedanken das soeben Erfahrene zu verinnerlichen versucht. „Was ist Geschwindigkeit?", fragt er sich still. – „Weg durch Zeit." Sich der Richtigkeit der Antwort bewusst, ist es ihm dennoch nicht möglich, sich damit zufrieden zu geben. „Was ist Geschwindigkeit? – Geschwindigkeit drückt aus, wie schnell sich etwas bewegt." Er atmet auf. „Und was ist der Weg? – Geschwindigkeit mal Zeit beziehungsweise der Abstand zwischen zwei Punkten. – Gut, und was ist Zeit? – Der Weg durch die Geschwindigkeit. – Ja, aber *was ist Zeit*?" Die Augen des Schülers weiten sich und nur unter großer Anstrengung vermag er zu schlucken, während ein seltsam unangenehmes Gefühl, ähnlich einer Mischung aus Schwindel und Übelkeit, sich vom Magen her ausbreitend, jede Zelle seines Körpers durchdringt. Die Präsenz der Unformulierbarkeit einer Antwort lässt es ihm scheinen, durch diese Frage nicht nur gewaltsam mit den Grenzen des menschlichen Verstandes zu kollidieren, sondern diese und somit auch die Stellung der gesamten Menschenrasse im Kosmos auf frevelhafteste Weise zu entweihen, gleichsam einer Darmentleerung auf einem Grab.

Befremdlich erregt von diesem Gedanken, versucht der Schüler, seinen Ekel davor zu überwinden und eine Antwort auf diese seltsame Frage zu finden. „Zeit, nach dieser Formel definiert, ist also lediglich der Wert einer Größe, dessen es bedarf, um gewisse Berechnungen anzustellen. Aber jede Größe ist messbar; um welche Maßeinheit handelt es sich also? – Um Sekunden, Minuten, Stunden, Tage – Nein, nur um Sekunden; sie sind doch schließlich die elementare Einheit dieser Größe, wie der Meter es für den Abstand ist und das Gramm für das Gewicht. Ja, genauso ist die Sekunde die grundlegende Maßeinheit der Zeit. – Ja, aber *was ist diese Zeit*?! *Darum* geht es doch!"

Der Schüler vergräbt sein Gesicht in den Händen. „Aber abgesehen von der gemeinsamen Eigenschaft, die grundlegende Maßeinheit der jeweiligen Größe zu sein, unterscheiden sich Sekunden von Metern und Gramm in einem entscheidenden Punkt: Gewicht und Abstand sind absolut und können auf Nanometer und Milligramm genau gemessen und errechnet werden. Die Zeit aber ist doch etwas Kontinuierliches, etwas Unendliches; umso absurder ist die Vorstellung sie einteilen zu wollen. – *Das* ist ja das große Problem der Physik: Alles muss messbar und berechenbar sein, alles muss schwarz oder weiß, Welle oder Teilchen sein. – Außer dem Licht, das ist beides oder keines davon."

Der Schüler muss leise kichern, da allein diese dunkle Unklarheit die Glaubwürdigkeit aller physikalischen Regeln, Formeln und Werte untergräbt, wobei eindeutig der Punkt überschritten wird, jenseits dessen das Glauben all dieser Behauptungen nicht mehr als bloße Naivität darstellt.

„Vielleicht ist die Zeit etwas anderes, so wie das Licht; vielleicht ist sie viel weniger als die anderen Größen – ja, vielleicht gibt es sie gar nicht wirklich. – Ha, das wird es sein! Die Zeit muss etwas von Menschenhand Geschaffenes, von Menschenhand Dirigiertes sein. – Was ist schließlich der Zweck einer Uhr, wenn nicht der, die Zeit zu bestimmen? – Der Mensch führt also eine Größe ein, die es gar nicht gibt, und errechnet daraus viele andere Größen, die durch diesen Umstand bestenfalls relativ sind. – Wie lächerlich!", denkt der Schüler, amüsiert schmunzelnd, während sein Blick auf die Schreibtisch-Uhr fällt, deren Zeiger übereinanderliegend kerzengerade nach oben zeigen. Endlich wird er, durch sie zur Fortführung seiner eigentlichen Aufgabe gemahnt, aus den befremdlichen Gedanken gerissen.

„Schon Mitternacht?! Die Schule beginnt um 7:45 Uhr. Ich muss mich beeilen; ich muss mich konzentrieren! – Es sei denn …" Der Schüler greift nach der Uhr, dreht am kleinen Rädchen auf der Rückseite des Plastikgehäuses, bis der kürzere der beiden Zeiger auf 11 und der größere wieder auf 12 steht, und grinst. „Ha, ich habe ja noch massenhaft Zeit!" Hierauf muss er laut lachen.

Nach einer Weile der Vertiefung in die nachfolgenden Kapitel zu Strom und Magnetismus, gönnt sich der eifrige Schüler eine kurze Pause. Nachdem er den überaus fälligen Toilettengang erledigt hat, kehrt er an den Studiertisch zurück und stellt die

Uhr von 0:30 wieder auf 11:00 Uhr, ehe er sich, die Hände in den Nacken geworfen, unter entspanntem Gähnen in seinem Sessel zurücklehnt. „So, jetzt fehlen nur noch drei Kapitel. Ein Kinderspiel, ich hab' schließlich Zeit." Ohne Einfluss darauf zu haben, oder diesen haben zu wollen, wird der Schüler schließlich wieder von den früheren Gedanken eingeholt:

„Auch wenn auf die Zeit zutrifft, was ich vorher festgestellt habe, ist es gut möglich, dass der Grund, warum die Menschen die Zeit eingeführt haben, nicht so unüberlegt ist, wie ich dachte. Ich meine, die gesamte Gesellschaft richtet sich nach dem, was die Uhren ihr diktieren. – Ja, das wird es sein! Der Zweck dieses konventionellen Hirngespinsts richtet sich auf die Menschen selbst, nicht etwa auf die Physik. – Aber was ist der Zweck? Ist der Zweck vielleicht metaphysisch und man versucht, mit der Zeit die ständige Veränderung von Dingen zu erklären? – Vielleicht. Aber eigentlich scheint mir, der Sinn dieser „Institution" noch um vieles pragmatischer zu sein. Ist vielleicht die Zeit nur ein Mittel, um Ordnung in die Gesellschaft zu bringen? – Ja, natürlich! Zeit dient einzig und allein der Schaffung von Ordnung; *das* ist es! Und ihre Einfügung in physikalische Formeln dient nicht der Errechnung irgendwelcher Werte, sondern lediglich der Rechtfertigung *ihrer* Annahme."

Mit einem Ruck lässt der Schüler sich nach vorne und seine Ellbogen auf die Tischplatte fallen. Er blickt auf die Uhr, während ihn ein ähnliches Gefühl durchzieht, wie zu Beginn der Überlegungen. „Die Schule beginnt um 7:45; und das tut sie wirklich, fünf Tage, jede Woche. Die Zeit ist also, wenngleich nur vom Menschen eingeführt, real. Auch Geschwindigkeit und Weg gibt es wirklich…"

Der Schüler kaut an einem seiner Fingernägel, während er dem entscheidenden Schluss näher kommt: „Es gibt alle drei Größen wirklich; also muss auch die Formel stimmen. Da ich mich nun aber nicht bewege, also keine Geschwindigkeit habe und keinen Weg zurücklege, habe ich keine Zeit. – Das heißt: Die Zeit steht still für mich!" Den letzten Gedanken spricht er, trotz des Versuches seine Euphorie zu zügeln, laut aus, während seine Augen noch immer an der Uhr haften. Der von einem leisen Geräusch untermalte Zeigersprung lässt den Schüler sich erinnern: „Uhren bestimmen die Zeit."

Er greift nach der Maschine, zieht die kleine Plastikklappe an der Rückseite nach unten, sodass die beiden AAA-Batterien herauspurzeln, wobei eine von ihnen sogar vom Tisch auf den Boden fällt, und stellt es anschließend wieder vor sich auf den Tisch.

„Ja", ruft er, „die Zeit steht still für mich!"

Verginia

Es war im 449. Jahr vor der Wendemarke unserer Zeitrechnung, als sich im vor Leben pulsierenden Zentrum des bereits blühenden Römischen Reiches eine Begegnung begab, die unvorhersehbar-unheilvolle Auswirkungen auf die Beteiligten haben sollte. Appius Claudius, Politiker und Regent, stand an der Spitze des Staates und war mächtig und beliebt genug, dass es weder eine Rolle spielte, dass er diese Position mit neun weiteren Männern teilen musste, noch, dass er sie unrechtmäßig innehatte. Wie gewöhnlich hielt er sich am Brennpunkt des städtischen Lebens auf, um in der Gunst des Pöbels zu baden, als seine Augen auf ein Mädchen fielen und an ihm hängen blieben.

Das Mädchen war jung, zu jung, das Forum alleine zu betreten und, in Begleitung seiner Amme, gerade auf dem Weg zu einem Lehrer, um dort die tägliche Lektion in den grundlegenden Wissenschaften zu empfangen. Trotz ihres zarten Alters stand die jungfräuliche Schönheit des Mädchens in gereifter Blüte, wodurch Claudius' Begierde entflammte. Er wusste zwar von dem unglücklichen Vorfall, der die Familie des Mädchens, des Adelsstandes beraubt, zum gemeinen Volk hinabgedrückt hatte, und der damit einhergehenden Unmöglichkeit einer standesgemäßen Umwerbung, konnte sich aber dennoch nicht vom Gedanken der gemeinsamen Vereinigung losreißen. Es war Liebe auf den ersten Blick.

Umringt von seinem Gefolge hielt Appius auf das Mädchen zu und bekundete schon in der Annäherung seine Absicht. Geblendet von der Macht verschlug es dem Mädchen die Sprache: Der berühmte Appius Claudius hatte tatsächlich Interesse an ihr geäußert. Ohne Zweifel wäre sie durch den Abglanz seiner Person, der sie an seiner Seite gewiss bestrahlt hätte, in den Genuss höchster Privilegien gekommen, deren Ausmaß ein Mädchen ihres Standes nicht einmal in Gedanken zu formulieren vermochte. Als ihm der verlegene Blick des Mädchens begegnete, wusste Appius, dass es bereit und willig war, sich ihm ohne zu zögern in die Arme zu werfen. Die Verliebten lächelten.

Die Amme hatte nun des Mädchens Bereitschaft zur Hingabe erkannt und untersagte sofort neidvoll die Vereinigung. Mit einem stummen Wink forderte das Mädchen den Geliebten auf, die in seinen Augen funkelnde List in die Tat umzusetzen. Nach kurzem Getuschel trat Marcus Claudius aus Appius' Gefolge, legte dem Mädchen die Hand auf und verlautbarte, sie sei eine einst aus seinem Hause entwendete Sklavin, die nun nach dem Besitzrecht seiner Obhut übergeben werden müsse.

Das Mädchen schwieg zufrieden, doch die Amme brach in fürchterliches Geschrei aus. Den hektischen Fragen der aufgeregt zusammengelaufenen Menge entgegnete sie, die Handlung des Marcus Claudius sei ohne Verfahren rechtswidrig. Der Großteil des Volkes schlug sich sogleich auf die Seite der Amme, und während man zum Gericht schritt, dessen Vorsitz Appius aufgrund schlauer Planung selbst innehatte, wagte das Mädchen nicht das Wort zu erheben.

Marcus Claudius trug dort seine Geschichte wiederum, nun jedoch ausführlicher und in öffentlicher Förmlichkeit dem Volk vor. Jene, die sich, allzu berührt, berufen fühlten, dem stummen Mädchen vor dem Gesetz ihre Stimme zu leihen, betonten, sich ihrer Unzulänglichkeit bewusst, die Ungerechtigkeit eines Verfahrens, in dem der gesetzliche Vormund, der Vater des Mädchens, während seiner Abwesenheit zum Wohle des Volkes, der Gewalt über seine Tochter beraubt werden sollte. Appius gebot daher die Vertagung der Verhandlung um einen – denn mehr, beteuerten die selbsternannten Verteidiger des Mädchens, würde es nicht bedürfen – Tag. Noch ehe sich die Menge auflöste, um wieder den alltäglichen Geschäften nachzugehen, attackierte Lucius Icilius, der bestimmte Verlobte des Mädchens, den Richter und Regenten in hartem Ton. Wütend schalt er Appius unter der Vorgabe die List durchschaut zu haben und grämte sich weit mehr über den drohenden Verlust eines zukünftigen Besitzes, als über jenen des Mädchens, sodass sich dies sogar in der Wahl seiner Worte und deren Gewichtung niederschlug: In einer ausufernden Rede sprach er von Tyrannei, Unterdrückung und einem Vergehen wider das Volk.

Nachdem Icilius sich durch äußerste Mittel schließlich hatte beruhigen lassen, sandte Appius einen Boten nach dem Militärlager aus, wo des Mädchens Vater diente; doch vergebens, er war bereits unterwegs.

122

Wie geplant betrat der Soldat am folgenden Morgen das Forum, gefolgt von dem schweigsamen Mädchen und der Amme. Außerdem führte er einen Zug klagender Frauen hinter sich, die sein Schicksal bezeugend die Herzen der Menschen, die unentschlossen noch keine Partei ergriffen hatten, auf seine Seite ziehen sollten. Natürlich war ihm, während er unter den Leuten umherging, um sich ihrer Unterstützung zu vergewissern, die Gesinnung seiner Tochter, im Gegensatz zum Volke, wohlbekannt. Es galt, sie durch ebendiese Gesten, die klagenden Frauen und die erstrebte einheitliche Meinung des Volkes an ihre Herkunft, ihren Platz in der Gesellschaft und ihre Pflichten zu erinnern. Ein anderes Leben war dem Mädchen nicht vergönnt.

Marcus Claudius und sein Widersacher begannen den Tatbestand aus ihrer Sicht zu schildern, als Appius plötzlich, durch auffordernde Blicke des Mädchens angeregt, vom Richterstuhl herab die Plädoyers unterbrach und Ruhe gebot. Der Unmut der Masse wogte schlagartig hoch, als der Richter im Anschluss das einzige mögliche Urteil sprach: Da es nicht beweisbar sei, dass es sich bei dem Mädchen nicht um des Marcus' entwendete Sklavin handle, sei sie ihm zu übergeben.

Verzweifelt und ohnmächtig erkannte der Vater die bevorstehende Niederlage. Er bat schließlich, einen Augenblick lang mit der Tochter und der Amme allein sein zu dürfen; es gab nur einen einzigen Ausweg.

Der Vater führte sie zum heiligen Locus, wo brennende Liebe mit heilender Myrte von Schande befreit, und schlachtete dort das stumme Mädchen, als wäre er selbst der Metzger gewesen, dem er die Waffe zur blutigen Tat entrissen hatte. Unhörbar für alle anderen flüsterte der Mörder dem Kind einen letzten Tadel: „Deine Sturheit trieb mich hierzu. Du warst naiv zu glauben, vom bestimmen Weg fliehen zu können." Dann wandte er sich nach Appius um und streifte seine Schuld am Richter ab. Das Volk war außer sich.

Kein Monat verging, ehe Appius, gequält durch die Folgen der verlorenen Liebe, freiwillig in den Tod ging.

Vorstellungsgespräch

Der graue Filzboden knirschte unter den Sohlen der blankpolierten Lederschuhe. „Grüß Gott." – „Guten Tag." Ein feuchter Händedruck. „Bitte setzen Sie sich." Geschäftsleiter M. deutete mit halb-ausgestreckter Hand auf einen der beiden leeren Stühle diesseits des Schreibtisches. „D-Danke." Bewerber S. setzte sich.

Schweigen.

Nervös rang S. seine feuchten Hände, während der Geschäftsleiter, der zugleich der Personalchef war, im Curriculum Vitae blätterte und es dabei am großzügigen Tisch ausbreitete.

„Herr S.", S. wurde bleich, als das Schweigen gebrochen wurde, „Sie sind jetzt siebenundzwanzig Jahre alt?" – „J-Ja."

„Sie haben das Hubertus-Gymnasium und anschließend ihr Studium auf der Universität mit Auszeichnung abgeschlossen?" – „Genau."

„Dann waren Sie drei Jahre lang bei Firma F beschäftigt..." M. machte eine kurze Pause und sah den Bewerber skeptisch an. „Warum haben Sie Ihre Arbeit dort beendet? Hat es Probleme gegeben?" S. wurde unruhig, denn das Gespräch schien schon jetzt in eine ganz falsche Richtung zu laufen. „Na?", fragte M. ungeduldig. –

„Nein, ich habe gekündigt. Man wollte mich erst gar nicht gehen lassen und versuchte, mich mit dem Versprechen einer enormen Gehaltserhöhung zum Bleiben zu bewegen." Der verwunderte Blick des Verhörenden ließ S. sicherer werden. –

„Hier steht: Sie waren dort die rechte Hand vom Chef. Wieso haben Sie dann gekündigt, wenn es keine Probleme gab?", nach einer kurzen Pause fuhr er fort, „und wenn Ihnen sogar ein Gehaltserhöhung angeboten wurde?" –

„Ich hatte gehört, dass hier eine Stelle frei geworden sei. Deshalb habe ich gekündigt." –

„Und Sie waren sich so sicher, hier aufgenommen zu werden? Das ist aber sehr selbstsicher, ja fast schon dreist!" S. grinste: das Netz war ausgelegt.

„Sie missverstehen mich, Herr M.", sagte er ruhig, „ich war – ich bin mir dessen ganz und gar nicht sicher. Es hat vielmehr persönliche Gründe." –

„Wie darf ich das verstehen?", fragte M. reserviert, ohne jeglichen Versuch, seine Empörung über die vorhergehende, scheinbare Dreistigkeit zu verbergen.

„Ich will viel lieber hier arbeiten."

M. fletschte die Zähne, ehe er tief Luft holte, um den frechen Buben aus dem Zimmer zu blasen. S. merkte, über das Ziel hinausgeschossen zu sein und korrigierte sich hastig. „Ich meine: Das wollte ich schon immer. Es ist mein großer Traum, schon seit ich ein kleiner Junge war."

M. hatte sich zwar, dadurch ein wenig beruhigen und vom Äußersten abbringen lassen, war nun aber noch skeptischer als zuvor. „Warum denn das? Firma F. ist doch in genau derselben Branche tätig und steht unserer Firma an Größe um nichts nach

126

- im Gegenteil: Offenbar hat sie uns mittlerweile um einiges übertroffen!" – „Ich werde mein Bestes tun, das wieder zu ändern; wenn Sie mich aufnehmen natürlich." S. grinste wieder, während der Geschäftsführer missverstanden und verständnislos den Kopf schüttelte.

„Aber *WARUM* verlassen Sie die erfolgreichere Firma, wo Sie vielleicht sogar Chancen gehabt hätten, irgendwann einmal die Leitung zu übernehmen, nur um sich in einer kleineren Firma derselben Branche zu bewerben, wo Sie wahrscheinlich viel härter arbeiten müssen als zuvor?!" –

„Wollen Sie das wirklich wissen?", fragte S.

„Ja!" rief M.

Die Falle war zugeschnappt. „Nun gut", fing S. langsam an, die Mundwinkel weit nach oben gezogen, und dehnte dabei jedes Wort auf ein Vielfaches an Länge, sodass sein Gegenüber die Spannung kaum ertragen konnte, „der Grund, weshalb ich unbedingt hier arbeiten will – und schon immer wollte – sind *Sie.*"

„Was?!" – „Ja, Sie." –

„Das ist doch wohl ein schlechter Scherz!" – „Nein."

S.' Stimme zitterte. Es war nicht, wie er es sich vorgestellt hatte: Er schämte sich. Er ließ den Kopf sinken und starrte auf die wirr verknoteten Finger in seinem Schoß.

„Aber-", Geschäftsleiter M.s Stimme brach, „*warum?*"

„Nun wissen Sie", S.' Augen waren geschlossen, dennoch spürte er den bohrenden Blick seines Gegenübers, „ich war damals noch ein sehr kleiner Junge. Sie waren in etwa so alt,

wie ich es jetzt bin. Ihre kurz zuvor gegründete Firma florierte."
S. schluckte. „Ich war eines Tages mit meinem Vater unterwegs; und wie es das Schicksal wollte spazierten wir gerade über den Hauptplatz, als Ihnen dort in einem pompösen Spektakel vor gewaltiger Menge irgendeine Auszeichnung oder Ehrung verliehen wurde. Wir blieben stehen und lauschten Ihrer Rede für einige Minuten – ich verstand kein Wort. Und dann", S. begann zu kichern, weil ihm die eigene Geschichte plötzlich sehr albern vorkam, „und dann, inmitten Ihrer Rede, blickten Sie in der Menge umher; und als Ihr Blick auf mich fiel, sahen wir einander an."

M. holte tief Luft, wobei S. am Klang nicht erkennen konnte, ob dies aus Überraschung geschah, oder ob M. etwas sagen wollte. Deshalb fuhr er schnell fort: „Und von diesem Moment an verstand ich Ihre Rede, jedes einzelne Wort! Und ich verstand auch viele andere Dinge, und ich wusste plötzlich, was ich mit meinem Leben anfangen wollte." – „Ist das Ihr Ernst?" –

„Ja." Im Augenblick der Antwort fuhr S. hoch und die Blicke der Männer trafen einander. Beide waren äußerst berührt. M. räusperte sich und lächelte: „Wenn Sie wollen, können Sie nächsten Montag hier anfangen." –

„Ich danke Ihnen vielmals!". Die Männer standen von ihren Sesseln auf und reichten einander die Hände wie alte Freunde.

Doch – nun erst bemerkte S., wie glasig jene Augen waren, denen er so lange gegenüber gesessen war; weshalb er nicht umhin konnte, danach zu fragen: „Sagen Sie, trinken Sie gerne?"

„Ja, sehr gerne."

S. stiegen Tränen in die Augen. „Und was trinken Sie gerne? Wein? Cognac?" In seine Stimme hatte sich jener wütende Ton gemischt, der dem Gegenüber durch das Vorhalten der eigenen Taten ebenfalls Schmerz bereiten sollte.

„Ja!", rief M. freudig erstaunt, „woher wissen Sie das? Jeden Abend genehmige ich mir ein Glas Cognac. Außerdem habe ich einen großen Weinkeller; Sie können gerne einmal-"

S. riss seine Hände aus den fremden Klauen los. Dicke Tränen strömten über die zornesroten Wangen. Er holte zu einer Ohrfeige aus, doch ließ den Arm dann wieder sinken.

S. spuckte M. ins Gesicht und stürmte schluchzend aus dem Zimmer.

Katzenjammer

Ich habe mich auf die Couch im Wohnzimmer gesetzt. Als ich die Fernbedienung endlich gefunden habe, beginnt das Gerät im Sekundentakt unzusammenhängende Silben und andere sinnlose Geräusche auszuspucken. – Um diese Zeit läuft einfach nichts Vernünftiges mehr! Aber was soll ich machen?

Schließlich bleibe ich an einer Dauerwerbesendung hängen: „Das Paket ‚Alles für den reifen Mann' eignet sich auch ideal als Geschenk." – Nun ja, etwas in die Jahre gekommen bin ich schon... – „Für nur 49,95 erhalten Sie diesen handlichen Nasen- und Ohrenhaartrimmer, dieses wissenschaftlich getestete Haarwuchsmittel und dieses Vitaminpräparat, das optimal auf die Bedürfnisse reiferer Männer abgestimmt ist. Außerdem erhalten Sie diese drei jugendlichen" – hässlichen – „Krawatten aus hochwertigem Polyester. Und wenn Sie sofort bestellen, erhalten Sie gleich zwei Packungen, also insgesamt 100 Stück dieser Tabletten, an denen ihre Frau mindestens so viel Freude haben wird wie Sie, gratis dazu!" – Brauchst gar nicht so dämlich kichern, nur weil dein Mann das nicht braucht! Lass mich doch einfach in Ruhe mit Frauen!

Plötzlich jault es im Hof. Ein Wunder, dass die Tiere jetzt nicht schlafen. Gleich jault es noch einmal, diesmal so laut, dass dadurch die Werbe-Frau übertönt wird. – Der Hof hat wirklich eine ungünstige Akustik! Es jault noch einmal und ich bin froh, als danach endlich wieder Stille einkehrt, sodass ich ungestört den Nasen- und Ohrenhaartrimmer in Aktion sehen kann. – Ein tolles Gerät! Auch wenn ich es im Moment noch nicht brauche, scheint es mir durchaus sinnvoll, so ein Ding im Haus zu haben; man weiß ja nie.

Ich presse Augenlider und Zähne zusammen, als erneut Gejaule einsetzt. Wie kann das nur so laut sein?! – Ich drehe den Fernseher lauter, weil ich kein Detail zu den knallbunten Krawatten verpassen will.

Aber auf Dauer ertrage ich das penetrante Geschrei nicht, weshalb ich wütend aufspringe und ans Hoffenster trete. Ich sehe nichts, alles ist dunkel, nur das Jaulen durchdringt mich immer und immer wieder. Ich reiße das Fenster auf: „Halt's Maul du Drecksvieh!" Ringsum gehen Lichter an. „Du weckst schon die ganze Nachbarschaft auf! Halt endlich dein Maul!" Aber es gehorcht mir nicht – im Gegenteil, das Jaulen wird noch lauter und häufiger. „Du willst *mich* ärgern?! Na warte!" Ich schlage das Fenster zu. Während ich die Treppe hinabstürme, höre ich mehrmals „RUHE!" in den Hof rufen. „Halt's Maul!", stimme ich meinen Leidensgenossen noch einmal zu und presche hinaus in die Finsternis.

Die Blume

Ich war vor der brütenden Sommerhitze in jenes kleine Wäldchen geflohen, dessen dichtes Unterholz ich bis zu diesem Zeitpunkt schon etliche Male aus einiger Entfernung mit den Blicken zu durchdringen versucht hatte. Eine Zeit lang wandelte ich in dem wohltuenden Schatten des Blätterdaches, ehe ich an einem Sträuchlein am Waldrand niedersank, um der Sonne ein wenig Zeit zu geben, sich zu beruhigen. Wie lange ich dort saß, weiß ich nicht; ich war ohne Uhr losgezogen.

Als die Sonne sich meinem Ermessen nach genug an den fernen Bergrücken angenähert hatte, beschloss ich, mein Versteck zu verlassen und über dieselbe Wiese, über die ich gekommen war, wieder zurückzugehen. Also trat ich hinaus auf das bronze-gefärbte Grün, während es meine Glieder unter der nunmehr ungewohnten Wärme fröstelte. Wenngleich mir noch die stickige Hitze dieses Spätsommertages das Atmen erschwerte, war ich zuversichtlich und sehnte der unmittelbar bevorstehenden Abenddämmerung selig entgegen. Die Blumen ringsum schienen, vom Tagesdienst ermattet, meine Vorfreude zu teilen, auch wenn sie versuchten, ihre Erschöpfung hinter ihren vielen Farben zu verstecken. Sie waren allesamt wunderschön. – Es blühen schließlich nicht alle Blumen im Frühling, sondern auch der Sommer hat ihrer viele, mitunter sogar die schönsten. –

Plötzlich fing eine einzelne Blume meinen Blick, deren Schönheit und satte Färbung alle Gewächse in der Umgebung beinahe im wörtlichen Sinn verblassen ließ. Mit vor Bewunderung leicht geöffnetem Mund schritt ich langsam auf sie zu. Ich bestaunte den glatten Stiel mit seinen vereinzelten, runden, hellgrünen Blättern, die Zartheit der Kelchblätter, die dünner schienen als Haare, und die Farbe der Blüte, deren Kräftigkeit und Makellosigkeit die Werke der besten Maler in den Schatten stellte.

Die Sonne hatte sich an den Bergkamm geschmiegt und die Bronze ihrer Strahlen durch Messing ersetzt. Plötzlich verstand ich: Was war diese Blume anderes als das Produkt günstiger Begebenheiten? Woraus war sie hervorgegangen, wenn nicht aus dem Samen ihrer Eltern? Und wo waren ihre Eltern, wo waren diese zwei Blümlein jetzt? Verblüht; im Vorjahr, oder noch früher, aber verblüht ohne Zweifel. Wie hätte diese Blume sonst wachsen können? Und auch diese Blume würde verblühen, das war gewiss.

In einem blinden Taumel gemischter Gefühle zerstampfte ich die Blume und zerriss ihre Reste in kleine Fetzen. An diesem Tag erkannte ich erstmals, wie sehr ich Blumen eigentlich hasse.

Das Geschenk der alten Dame

Ich hatte viel zu lange geschlafen. Kein Wunder eigentlich, wenn man bedenkt, wie schwer mir das Einschlafen am Vorabend gefallen war. Ich wusste da schon, wie schwierig es werden würde, für alle Dinge, die ich mir für den nächsten Tag vorgenommen hatte, Zeit zu finden, wenn ich es nicht schaffen würde, trotz kurzen Schlafes früh aus dem Bett zu kommen. Ich sollte diesbezüglich Recht behalten, was aber eigentlich wenig zur Sache tut. Eilig erledigte ich die Morgentoilette, packte meine Sachen und lief auf noch schlaftrunkenen Beinen die Treppe des Wohnhauses hinab. Ich hatte einen beruflichen Termin; nichts Großes, eine Kleinigkeit, aber dennoch wichtig genug, dass ich es mir nicht erlauben konnte, ihn noch weiter aufzuschieben.

Unten auf der Straße passierte ich den kleinen Blumenladen, in welchem ich schon mehrfach Pflänzchen für vergebliche Aufzuchtversuche erstanden hatte, und mit ihm eine ältere Dame, die ich in der näheren Umgebung dieses Häuserblocks schon etliche Male gesehen hatte. Was genau sie vor dem noch verschlossenen Blumenladen tat, war mir in diesem Moment – und ist mir auch jetzt noch nicht klar. Ich nahm an, was am naheliegendsten war: und zwar, dass sie Blumen kaufen wollte; wahrscheinlich um damit ein Grab zu schmücken. Sie wirkte wie eine jener alten Damen, die sich in liebevoller Hingabe mehr um die Gräber dahingeschiedener, geliebter Personen kümmern, als um sich selbst. Da also nichts Außergewöhnliches an dem Bild der alten Dame vor dem geschlossenen Blumenladen war, behelligte ich mich nicht weiter damit und eilte – sofern man das unter diesem Grad von Müdigkeit so nennen kann – weiter zur Bushaltestelle. Zu meinem Leidwesen stellte ich nach einem Blick auf die Uhr fest, dass der Bus anscheinend gerade weggefahren sein musste, ehe ich das Haus verlassen hatte. Ich setzte mich auf die Haltestellenbank und zündete mir eine Zigarette an.

In Gedanken an die Aufgaben des Tages versunken, bemerkte ich erst recht spät, dass die alte Dame vom Blumenladen abgelassen hatte und mir nun zur Haltestelle folgte. Sie setzte sich neben mich. Wir saßen einige Zeit schweigend nebeneinander, wobei ich mich wieder daran gemacht hatte, den kurzen Tag mit Aufgaben zu versehen, und sie begonnen hatte – ich sah nur das weiße Papier im Augenwinkel – irgendetwas aufzuschreiben. Irgendwie war sie mir sehr sympathisch, diese betagte, doch vitale, großgewachsene Frau, die eine seltsame Mischung aus Ruhe und Fürsorge ausstrahlte.

Nach kurzer Zeit kam eine zweite alte Dame zur Haltestelle und studierte den Fahrplan mit deutlich sichtbarer Unsicherheit. Als sie sich dann endlich dazu durchgerungen hatte, mich zu fragen, ob der Bus einer anderen Linie als der, auf den ich wartete, schon gefahren sei, versicherte ich ihr, dass er jeden Moment kommen müsse. Wenige Augenblicke vergingen, da rief die Besitzerin des Blumenladens von der anderen Straßenseite irgendetwas zu der Dame neben mir. Diese winkte und

entgegnete ein im Verkehr erstickendes „Gern geschehen".
Dann wurde es still und das monotone Sausen des
vorbeirauschenden Verkehrs wurde zum einzigen hörbaren
Geräusch.

Plötzlich wandte sich die alte Dame mir zu: „Da, das schenk'
ich dir!" Meine Überraschung wahrscheinlich mehr als schlecht
verbergend, nahm ich, was sie mir entgegenstreckte und
betrachtete es: Ein kleiner herzförmiger Post-it-Zettel und ein
Buch; nicht irgendein Buch, sondern *DAS Buch*, die Bibel.
Während ich mich mehrmals bedankte und sie nur ein
freundliches Lächeln entgegnete, schossen mir verschiedenste
Gedanken durch den Kopf: Wirkte ich wirklich dermaßen
verloren? – Mit Sicherheit nicht! – Was war es dann? Wollte sie
mich „bekehren", mich zum sonntäglichen Kirchgang
bewegen? – Nein, ihr Lächeln bestätigte, dass es nicht so war.
Was war es dann? – Es war ein Geschenk. Ein Geschenk, das
auf liebevolle Weise Sympathie zum Ausdruck brachte. Was
könnte schließlich ein besserer Ausdruck dessen sein, als das
Buch über Nächstenliebe? Ich sah ihr an, dass sie mir eine
Freude machen, einen Gefallen tun wollte. Aber nicht etwa den,
meine Seele zu retten oder ähnliches – Nein, einen dessen
Motivation und Erfüllung in der Tat selbst lag. Vielleicht hätte
sie mir etwas anderes geschenkt, wenn sie gekonnt oder gewollt
hätte, aber wahrscheinlich wusste sie, dass ich dieses Geschenk
am besten verstehen würde.

Aber etwas an der ganzen Sache verstehe ich bis heute nicht:
Warum ich? Warum hat sie gerade mich beschenkt? – Und

136

vielmehr noch: Was hat mich in meiner Sympathie, die ich ihr gegenüber empfand (und noch immer empfinde), verraten und in dem Wunsch, mit ihr zu sprechen, oder mich gar mit ihr anzufreunden? – Ich weiß nur, dass ich dieser alten Dame überaus dankbar bin.

Straßenbahnfahrt

Unter dem rhythmischen Gesang der Räder rauschen die Lichter an den Fenstern vorbei und treiben ihr Farbenspiel im Inneren der Straßenbahn. Viktor seufzt tief, während er sich ein wenig in Richtung seines Gegenübers beugt. „Kennst du das? Dieses Gefühl, diese nagende Leere, dieses – Du weißt doch, was ich meine?! – Nicht? Ja, wie soll ich's dir beschreiben? Ah, ja, pass auf:

Stell dir vor, du fährst abends von der Arbeit nach Hause; sagen wir, mit der Straßenbahn. Im ganzen Gefährt herrscht Schweigen, außer ein paar tuschelnden alten Weibern und ein paar herumbrüllenden Jugendlichen. Und... ja, und die Lichter, die draußen vorbeiziehen – du weißt schon, die von den Laternen und von den Reklametafeln und so weiter – diese Lichter erleuchten immer wieder den Innenraum, weil es in der Straßenbahn selbst keine Lampen gibt. – Soweit kannst du mir folgen, ja? – Gut. Und nun denk' dir, wie sehr die Stille und die Lichtverhältnisse dich zum Nachdenken drängen; dabei willst du das gar nicht! Du willst nur nach Hause fahren. Aber nein, du musst – also, du wirst gezwungen, darüber nachzudenken, warum du überhaupt nach Hause willst: Essen, Fernsehen, dein Bett? – Internet hast du sowieso überall, aber eigentlich interessiert dich das am allerwenigsten. – Jedenfalls, warum du nach Hause willst, gilt es zu ergründen. Soweit verständlich? – Gut. Also, und je mehr du darüber nachdenkst, desto deutlicher wird dir, dass du nur nach Hause fährst, damit du morgen wieder von der Arbeit nach Hause fahren kannst. – Ach, ich glaube, du verstehst nicht! Aber pass auf, gleich wird dir alles klar! Denn wenn das der einzige Grund ist, warum du nach Hause fährst, dann erkennst du auch die Notwendigkeit dahinter!" Viktor beginnt unkontrolliert zu lachen. „Also, kennst du das?" – „Um Himmelswillen, lassen Sie mich endlich in Ruhe!"

Tagebucheintrag

D. saß beim Schreibtisch in seinem Kämmerchen. Er schob die verstreuten Blätter zu einem ungeordneten Haufen zusammen, sodass ein Teil der Tischplatte zum Vorschein kam, holte dann beinahe andächtig ein kleines Büchlein aus einer der Schreibtischladen, platzierte es behutsam auf der freien Arbeitsfläche und begann zu schreiben:

23.Oktober. Gerade ist mir etwas Seltsames passiert. Ich saß hier am Schreibtisch, genau wie in diesem Moment. Plötzlich verwunderte mich mein Aufenthalt und ich war irritiert, hier und nicht in meinem Elternhaus zu sein. Und wenn ich ehrlich bin, verstehe ich es noch immer nicht.

Tagebucheintrag II

D. schrieb: 5. November. Was zu erzählen ich mir vornahm, begann vor gut drei Wochen. Ich war morgens leicht aufgestanden und leicht ging mir auch die Arbeit von der Hand. Kurz vor Mittag kam der Chef an meinen Schreibtisch und sagte: „Wie ich sehen muss, sind Sie heute nicht ganz bei sich! Warum nehmen Sie sich nicht den Rest des Tages frei?" Ich wagte nicht zu widersprechen und tat wie er gesagt. Seitdem sah ich ihn nicht wieder.